KB060884

드림
캐처

드림캐처

정서휘 장편소설

(주)자음과모음

차례

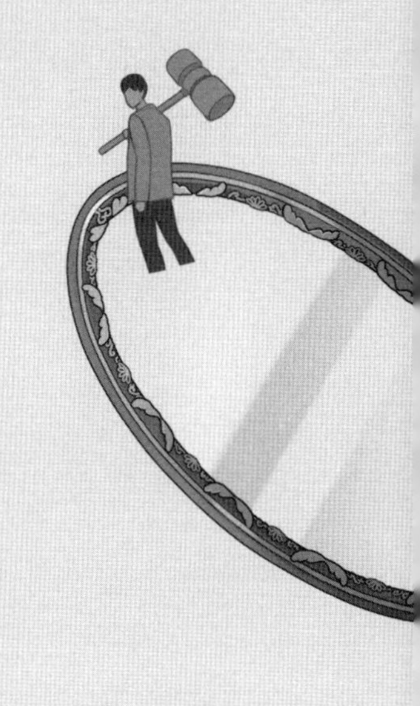

악몽 꾸는 아이들

"잘 자라, 우리 아가. 앞뜰과 뒷동산에 새들도 아가 양도 다들 자는데……."

자장가가 들린다. 여자의 목소리다. 눈을 뜬다. 초점이 나간 카메라처럼 뿌옇던 시야가 점점 선명해진다.

공중에 매달려 있는 모빌이 보인다. 얼굴만 한 동그란 고리 안에 그물이 쳐져 있다. 고리 아래에는 얼기설기 엮인 깃털과 알록달록한 구슬이 주렁주렁 달려 있다. 이건 분명, 악몽을 막아 준다는 드림캐처다.

손을 뻗어 늘어진 모빌을 잡아 보려 한다. 그러나 팔이 너무 짧아 닿지 않는다. 손을 본다. 고사리처럼 오그라든, 앙증맞은 아기의 손이다.

갑자기 사람 그림자가 드리워지면서 시야를 가로막는다. 길게 늘어진 머리카락이 손에 닿을 듯 말 듯하다. 얼굴을 자세히 보려고 해 봤지만 흐릿해서 잘 보이지 않는다. 여자의 입술이 움직이면서 목소리가 흘러나온다.

"일어나…… 일어나……."

"일어나, 정무혁!"

"으어어어, 어!"

무혁이 몸을 바르르 떨면서 눈을 뜨고는 놀란 얼굴로 주위를 둘러봤다. 반 아이들이 소리 죽여 키득대고 있었다.

"침 닦고, 인마."

가운데 머리가 벗어진 아저씨가 한심하단 눈빛으로 무혁을 쳐다보고 있다. 사회 선생이다. 무혁은 얼른 입가에 묻은 침을 닦고 머리를 조아렸다.

"죄송합니다."

"이 자식은 내 시간만 되면 자고 있어."

"선생님, 무혁이는 체육 시간 빼곤 다 자요."

누군가가 말하자 교실 곳곳에서 웃음이 터졌다. 선생은 포기한 듯 교탁으로 걸어가면서 무혁을 깨우느라 흐름이 끊긴 수업을 이어 나갔다.

무혁은 창밖을 바라보며 생각에 잠겼다. 요즘 들어 자꾸 꿈 같은 것이 보인다. 꿈은 분명 아니다. 드림캐처는 잠도 자지 않고 꿈도 꾸지 않으니까. 문제는 여러 번 본 듯 익숙한 장면인데, 막상 자세히 떠올리려 하면 또렷이 기억나지 않는다는 것이다.

'결정의 날이 가까워져서 그런가.'

무혁은 자신에게 찾아온 변화에 이유를 붙여 봤다. 이제 한 명의 악몽자만 더 구하면 결정대에 오른다. 마지막 악몽자를 완치시키는 것. 그게 자신이 이 학교에 온 이유였다.

"정무혁, 어딜 보고 있어! 너는 뭐 하는데 맨날 피곤하냐? 알바라도 하냐?"

수업하던 선생이 손에 든 작은 회초리로 교탁을 탁탁 쳤다.

"아니에요, 쌤. 날씨가 좋잖아요."

무혁이 천진난만하게 웃었다. 교실은 다시 웃음바다가 됐다. 선생은 고개를 절레절레 흔들며 칠판으로 몸을 돌렸다.

무혁은 눈빛을 바꿔 목표물을 찾았다. 교실 앞문 쪽에 앉아 있는 마지막 악몽자. 세상에 즐거움이라고는 하나도 없다는 듯 그늘진 얼굴을 하고 있다. 저놈이 웃는 날이, 자신이 결정대에 오르는 날이 될 것이다.

그날 밤, 무혁은 상덕의 지원 요청을 받아 꿈속으로 들어갔다. 상덕이 출장 가 있는 지중 고등학교 학생의 꿈이었다. 꽤 지독한 악몽을 꾸고 있는지 꿈 배경이 짙은 회색이었다. 조만간 검은색으로 변할 것 같았다.

"이야, 끈적끈적한 것 봐라."

무혁이 발에 들러붙은 링거링(Lingering)을 손으로 걷어 내면서 탄식했다.

어떤 일을 후회하는 사람의 꿈에는 석유처럼 검고 끈적한 링거링이 생긴다. 링거링이 모이면 늪이 되는데, 드림캐처들은 이것을 '후회의 늪'이라고 부른다. 그 악몽에서 벗어나지 못하면 인간은 점점 넓어지는 후회의 늪에서 허우적대다가 영혼이 꿈에 잠식당하고 만다. 그 전에 악몽자를 구하는 게 드림캐처의 역할이다.

무혁은 몇 걸음 가다가 멈춰 서서 주머니에서 손바닥만 한 기계를 꺼내 들었다. 최근 드림캐처 본부에서 구식 기기를 가져가고 새로 준 최신 DCA(Dream Catcher Assistant)다. DCA를 켜고 상덕에게 메시지를 보냈다.

[언제 와?]

[출출해서 햄버거 먹고 있어. 이것만 먹고.]

상덕의 당당함에 무혁은 기가 막혔다. 욕을 썼다가 지우고 최대한 부드러운 말투로 답장을 했다.

[우아, 또 먹어? 그렇게 먹는데도 살이 안 찌는 게 신기하다.]

[나도 그게 신기해. 다 먹었어. 이제 접속할게.]

십 분 후에 상덕이 나타났다. 아직 음식물이 남았는지 입을 오물거리고 있었다.

"드림캐처 그만두고 유튜버 하는 건 어때? 먹방 같은 거."

무혁이 반농담으로 말했다. 그도 그럴 것이 상덕은 190센티미터가 넘는 키에 몸은 꼬챙이처럼 비쩍 말랐는데, 밥을 먹으면 10인분은 거뜬히 먹어 치웠다.

"드림캐처는 유명해지면 안 되는 거 몰라?"

입 안에 든 것을 삼킨 상덕이 핀잔을 줬다. 무혁은 기가 찬다는 표정을 지어 보이고는 본론으로 들어갔다.

"이 친구한테 무슨 일이 있었던 거야? 이 정도면 조만간 영혼을 빼앗기겠는데?"

"그러니까 지원 요청했지. 잠깐만."

상덕이 주머니에서 DCA를 꺼내 한 버튼을 눌렀다. 홀로그램 화면이 눈앞에 펼쳐지면서 꿈 영상이 켜졌다.

"수진아, 우리가 왜 헤어져야 해?"

남학생의 눈에 눈물이 그렁그렁하다. 반대로 그 앞에 서 있는 여학생의 눈은 흔들림이 없다.

"이제 공부해야 해. 연애하다가 성적이 떨어졌어. 그러니까 우리 그만 만나."

"내가 더 잘할게. 공부에 방해 안 되게 할게."

"게임만 하면서 무슨 공부야?"

말을 마친 여학생이 차갑게 돌아선다. 남학생은 잡지도 못하고 여학생의 이름만 외친다.

"수진아……! 수진아! 가지 마!"

영상이 꺼졌다. 무혁이 관자놀이를 검지로 꾹꾹 누르며 옅은 한숨을 쉬었다. 연애 문제로 꾸는 악몽은 악몽 중에서도 가장 골치가 아프다. 악몽의 농도도 짙고 후회의 늪이 생기는 속도도 빠르다. 그 말인즉슨, 빨리 해결하지 않으면 영혼이 꿈에 잠식당해 이 학생이 삶을 놓아 버릴 수도 있다는 뜻이다.

"인간들은 왜 이렇게 연애에 목을 매는 거야?"

도저히 이해가 안 됐다. 무혁과 마찬가지로 연애 감정이 무엇인지 모르는 상덕도 무혁을 멀뚱히 쳐다만 봤다.

필요에 따라 바뀌는 외형만 빼면 드림캐처는 갓난아기와 다를 바가 없다. 드림캐처로 활동하면서 인간과 어울려 지내는 법을 하나씩 익혀야 한다. 때문에 사회성을 기르는 것만으로도 벅차 연애 같은 복잡한 감정은 이해하기 힘들었다.

"상대가 다친 것도, 죽은 것도 아니잖아. 지난번에 담당했던 고시 공부하던 악몽자처럼 시험에 떨어진 것도 아니고. 대체 뭐가 문젠 거야?"

그렇게 구시렁대며 무혁은 뒷주머니에서 너클을 꺼내 열 개의

구멍에 손가락을 모두 끼워 넣고 주먹을 쥐었다 폈다 했다. 무혁의 옆에서 차분히 기다리던 상덕이 입을 열었다.

"그럼 앞에 있는 악귀는……."

상덕의 말이 끝나기도 전에 세찬 바람이 불어왔다. 둘은 시린 눈을 겨우 뜨고 바람의 진원지를 응시했다. 멀리에 여자처럼 보이는 검은 물체가 서 있었다. 길게 늘어뜨린 머리칼을 가진 아름다운 여인의 형상이었지만, 양쪽 어깨에는 박쥐처럼 까만 날개가 돋아 있고 이마에는 두 개의 검은 뿔이 나 있었다.

"하, 서큐버스네."

무혁이 탄식하며 옆을 바라봤다. 옆에 있어야 할 상덕이 없었다. 상덕은 무언가에 홀린 듯 서큐버스를 향해 저벅저벅 걸어가고 있었다.

"야! 정신 차려, 조상덕!"

다급하게 달려가서 등을 한 대 치자, 상덕이 고개를 흔들며 정신을 차렸다.

"어휴, 큰일 날 뻔했네. 고마워."

서큐버스는 묘한 분위기를 풍겨 상대를 홀리는 악귀다. 정신을 바짝 차리지 않으면 유혹에 빠져 헤어 나올 수 없게 된다. 무혁은 침을 꼴깍 삼키고는 팔꿈치로 상덕의 옆구리를 툭툭 쳤다.

"망치 들어."

상덕이 등에 메고 있던 거대한 망치를 양손에 쥐었다.

"약점은 뿔이야. 달려!"

무혁의 외침에 맞춰 무혁은 왼쪽, 상덕은 오른쪽으로 달렸다. 그러나 드림캐처들이 닿기도 전에 서큐버스는 높이 날아올라 둘을 놀리기라도 하듯 제자리에서 빙빙 돌았다. 무혁과 상덕은 허탈한 표정으로 하늘만 올려다봤다.

"상덕아, 귀 좀."

무혁이 뭐라 귓속말하자 상덕이 알겠다며 고개를 끄덕이고는 들고 있던 망치를 하늘 높이 던졌다. 그리고 오른쪽 무릎을 꿇고 그 위에 깍지 낀 손바닥을 올려 발판을 만들었다. 무혁은 상덕의 손바닥과 어깨를 차례대로 밟고 공중으로 높이 뛰어올랐다. 이어서 상덕이 던진 망치의 손잡이를 낚아채 재빠르게 양손으로 쥐고 서큐버스를 향해 크게 한 바퀴 휘둘렀다.

"꾸에에엑—!"

대가리를 정통으로 맞은 서큐버스가 바닥으로 곤두박질쳤다. 무혁은 가드를 올린 채 경계하며 추락한 서큐버스에게 다가가 상태를 살폈다. 서큐버스는 괴상한 소리를 내며 고통에 몸부림치고 있었다. 도망치려 날개를 몇 번 푸드덕거렸으나 곧 힘이 다한 듯 풀썩 누워 버렸다. 잠시 후, 서큐버스는 검은 가루가 되어 허공으로 흩어졌다. 그제야 안심한 무혁이 뒤늦게 달려온 상덕에게 망치를 건넸다. 상덕은 망치를 등에 다시 메고 무혁을 향해 엄지를 치켜세웠다.

무혁은 꿈 생성기 앞으로 갔다. 2미터가 넘는 거대한 수정에 자고 있는 꿈 주인이 보였다. 검은빛을 띠던 꿈 생성기가 차분한 파란색으로 변했다. 꿈 주인의 얼굴도 한결 편안해졌다.

"이제 악몽은 안 꾸는 것 같네."

"한시름 놓았다. 고마워."

상덕이 이마에 난 땀을 닦으며 물었다.

"네 지정 악몽자는 어때?"

"꿈 신호가 아주 새카매. 한 달 동안 지켜봤는데 도통 나아지질 않더라고."

무혁이 고개를 절레절레 흔들었다.

"마지막 악몽자라고 만만치 않은 인간을 지정해 줬나 보다."

"쉽게는 안 끝내 줄 모양이야. 지겨워 죽겠네."

무혁은 DCA를 꺼내 지정 악몽자의 이름을 검색해 봤다. 지금도 지독한 악몽을 꾸는지 악몽자의 이름 옆에 뜬 꿈 신호에 검은불이 들어와 있었다.

"내일부터 작업 들어가야지."

"그래. 나는 쉬다가 학교 가야겠다."

상덕이 노곤한 듯 기지개를 켰다. 무혁이 그런 상덕을 보며 픽 웃었다.

"고등학생 다 됐네?"

"고등학생으로 배정됐으니까 따라야지, 뭐."

"그래. 저 꿈 주인 잘 지켜봐."

무혁은 말을 하며 꿈 생성기를 검지로 톡톡 쳤다. 그리고 손을 흔들어 상덕에게 인사하고 꿈에서 빠져나왔다.

"야, 뭐가 웃기냐?"

"나 안 웃었는데……."

"그럼 내가 잘못 본 거냐? 엉?"

우당탕 소리가 나더니 한 아이가 책상 사이로 나자빠졌다. 아이는 넘어지면서 팔로 무혁의 뒤통수를 치고 말았다.

책상에 엎드려 있던 무혁은 고개를 들고 눈을 끔뻑대며 사방을 두리번거렸다. 교실 뒤편에서는 진은수네 무리가 낄낄대고 있었고, 제 발치에는 작은 남자아이가 자빠져 있었다. 신경을 끄고 다시 엎드리려는데, 넘어진 아이와 눈이 마주쳤다. 김호진이었다. 자신이 지켜야 할 마지막 악몽자.

무혁은 두 손으로 책상을 쾅 치고 자리에서 일어나 은수에게 다가갔다.

"진은수, 친구끼리 뭐 하는 거야?"

"뭐가? 관심 끄고 잠이나 자."

은수가 무혁을 노려봤다. 그러자 무혁이 한 발짝 더 걸어 나가 은수에게 바짝 다가섰다. 키가 185센티미터나 되는 무혁의 그림자가 은수를 뒤덮었다.

"……그냥 장난친 거야."

은수가 한 걸음 뒤로 물러서며 둘러댔다. 무혁은 감정이 담기지 않은 메마른 눈으로 은수를 내려다봤다.

"친구끼리 사이좋게 지내야 할 거 아냐? 왜 밀치고 그래?"

그러고는 고개를 돌려 바닥에 주저앉아 있는 호진을 바라봤다.

"그리고 호진이는 내 친한 친구야. 친하게 지내."

"너 올해 전학 왔잖아. 김호진을 어떻게 알고……."

"내 친구라면 친구인 줄 알아. 알겠어?"

무혁이 눈을 부릅떴다. 은수는 두고 보자는 듯 호진을 한 번 흘겨보고는 친구들을 데리고 교실을 나갔다. 적막이 흘렀다. 반 아이들이 공포와 호기심이 뒤섞인 얼굴로 무혁을 쳐다보고 있었다. 집중된 이목에 무혁은 얼굴을 찡그렸다. 참았어야 했다는 생각이 뒤늦게 들었다.

"고마워, 무혁아."

호진이 다가와서 인사를 건넸다. 별거 아니라는 듯 손을 들어 보이던 무혁의 머릿속에 교실을 벗어날 좋은 방법이 떠올랐다.

"고마워? 그럼 빵 사."

매점 계산대 앞은 호진보다 머리통 하나는 더 큰 학생들로 붐비고 있었다. 호진은 한참 후에야 양손에 빵을 들고 무혁에게 다가왔다. 무혁은 크림빵은 호진에게 밀고, 소시지빵을 뜯었다.

"고마워, 무혁아."

호진이 또 한 번 인사를 건넸다. 무혁이 겉에 머스터드와 케첩이 버무려진 빵을 한 입 베어 물고는 시큰둥하게 말했다.

"고맙긴. 난 내 할 일을 한 거야. 빵 잘 먹을게."

"무슨 일……?"

입가에 묻은 소스를 닦아 낸 무혁이 대답했다.

"너 지키는 일. 너 잘 자야 해."

그때 수업 종이 울렸다. 무혁은 남은 빵을 세 입 만에 해치우고 복도를 성큼성큼 걸어갔다. 교실에 들어가려는데 호진이 무혁의 교복 소매를 잡아당겼다. 무혁이 내려다보자 호진은 시선을 복도 바닥에 둔 채 기어들어 가는 목소리로 물었다.

"내가 왜 잘 자야 해?"

무슨 소린지 몰라 어리둥절해하던 무혁은 곧 자신이 매점에서 했던 말을 떠올리고 픽 웃었다. 그러고는 호진의 머리를 쓰다듬으며 대답했다.

"잘 자야 무럭무럭 크지."

일주일이 지난 어느 밤, 침대에 누워 DCA를 보던 무혁은 벌컥 짜증을 냈다. 좀 나아지는가 싶던 호진의 꿈 신호가 다시 검게 깜빡이기 시작한 것이다.

"얘는 왜 또 악몽을 꾸는 거야?"

호진의 꿈 영상을 재생했다.

"야, 김호진, 돈 가지고 왔냐?"

은수가 담배를 발로 비벼 끄고 연기를 호진의 얼굴에 내뿜는다. 호진이 매캐한 연기 때문에 눈을 찡그린 채 주머니에서 돈을 꺼낸다. 호진의 손에 들린 오천 원을 보고 은수가 못마땅한 얼굴을 한다.

"오천 원이 뭐야? 요즘 과자 한 봉지에 이천 원이 넘는데?"

"용돈을 다 써서……."

"친구끼리 맛있는 거 좀 먹자는데 그게 그렇게 싫어? 엉?"

은수가 윽박지르며 팔로 호진의 목을 감싸고 이리저리 끌고 다닌다. 숨이 막힌 호진이 은수의 팔을 툭툭 친다.

"이 새끼가 나 때리네. 아이고, 나 죽네."

은수가 호진의 배를 주먹으로 치려 한다.

"진은수, 안 되겠네, 이거. 생각보다 심하잖아?"

무혁이 고개를 절레절레 흔들며 조금 남은 영상을 끄고 DCA에 뜬 호진의 이름을 터치했다. 팝업 창이 뜨자 접속 버튼을 눌러 호진의 꿈에 들어갔다.

무혁은 그간 다양한 이유로 악몽을 꾸는 인간들을 만나 왔다. 그중에서도 누군가에게 괴롭힘을 당하는 악몽자에게는 왠지 더 마음이 갔다. 그런 인간은 남녀노소를 불문하고 존재했는데, 보통 꿈에서까지 괴롭힘을 당했다. 드림캐처 교육 때 인간의 꿈은 욕망의 발현이라고 배웠는데, 그들은 현실을 피해 꿈으로 도망칠 수도 없는 처지였다.

너클을 끼고 주먹을 꽉 쥐면서 무혁이 전의를 불태웠다. 곧 세 개의 물체가 시야에 들어왔다. 크기가 각기 다른 불리(Bully)들이 꿈 생성기 주변을 얼쩡대고 있었다. 불리는 강력하진 않지만 인간을 끊임없이 고통스럽게 만드는 악귀로, 그림자처럼 늘어진 형체에 커다란 입만 달린 게 꼭 상대를 비웃는 것처럼 보인다.

무혁은 양쪽 발목을 돌려 스트레칭했다. 눈으로는 불리 무리를 노려보면서 머릿속으로는 시뮬레이션을 돌려 봤다. 동선이 그려지자 제자리에서 두 번 뛰고는 곧바로 불리들을 향해 내달렸다.

먼저 가장 조그만 불리의 입 주변에 주먹을 내리꽂았다. 키가 멀대처럼 큰 불리가 뒤에서 들러붙었다. 무혁이 몸을 한 바퀴 돌려 발차기로 불리의 머리통을 세차게 가격했다. 순식간에 불리 두 마리가 나가떨어졌다.

마지막 불리가 갑자기 입을 벌려 주변 공기를 빨아들이더니 쓰러진 불리들을 집어삼켰다. 그러자 불리의 몸이 거대해지면서 무혁의 키를 훌쩍 뛰어넘었다.

"친구를 먹으면 어떡해? 사이좋게 지내야지."

흐트러진 머리카락을 정돈하면서 무혁이 씩 웃었다. 그러고는 양 주먹을 들어 가드를 올리고 춤추듯 가볍게 뛰면서 불리의 움직임을 살폈다.

꾸물꾸물하던 불리의 몸통 오른쪽에서 무언가가 불쑥 튀어나왔다. 검고 거대한 주먹이었다. 불리가 무혁에게 주먹을 휘둘렀다. 고개를 숙여 주먹을 피한 무혁이 옆으로 몸을 살짝 비틀어 주먹이 달리지 않은 불리의 반대쪽 옆구리에 펀치를 날렸다. 이어서 체중을 실어 휘청이는 불리의 등에 팔꿈치를 내리찍었다. 비틀대던 불리가 회심의 어퍼컷을 날렸다. 커다란 주먹이 아래에서 위로 솟구쳤다. 무혁은 허리를 뒤로 젖혀 가볍게 피한 후 라이트 훅을 날렸다.

쿵 소리와 함께 불리가 쓰러졌다. 지렁이처럼 꿈틀대며 도망치는 불리를 무혁이 발로 밟아 막았다.

"김호진이 잘 자야 나도 이 일을 끝낼 수 있거든."

무혁의 주먹이 수직으로 꽂히자 불리는 저항도 못 하고 가루가 되어 사라졌다.

무혁은 너클을 벗고 꿈 생성기로 다가갔다. 그런데 검은 불빛이 사라지더니 생성기에 불이 들어오지 않았다.

"뭐야? 갑자기 왜 이래?"

꿈 생성기의 좌우를 살폈으나 아무 화면도 보이지 않았다. 손바닥으로 팡팡 쳐 봐도 마찬가지였다. 아무래도 호진이 잠에서 깬 모양이었다.

"김호진!"

자신을 부르는 소리에 움찔한 호진은 힘이 잔뜩 들어간 고개를 천천히 돌렸다. 무혁이 손을 흔들며 다가오고 있었다. 다행이었다. 만약 은수였다면 등굣길마저 지옥이 될 터였다. 안도의 한숨을 내쉬고 호진도 인사했다.

"무, 무혁아, 안녕?"

"와, 반갑다. 이런 우연이 다 있네?"

무혁이 반색하며 호진과 나란히 섰다. 그러고는 방금 호진이 빠져나온 아파트를 가리키면서 물었다.

"저기가 너희 집이지?"

"으응, 맞아……."

호진은 들릴 듯 말 듯한 목소리로 대답했다. 듣기로 무혁의 집은 꽤 부자라는데, 그런 아이에게 벽이 쩍쩍 갈라진 집을 보여 주는 게 창피했다. 재건축을 앞둔 아파트의 몇몇 동에는 외벽에 빨간색으로 커다란 가위표가 쳐져 있기까지 했다.

호진이 자기보다 머리통 하나는 더 큰 무혁을 올려다봤다. 등굣길에서 무혁을 본 건 처음이다. 일주일 전에 처음 말을 텄는데 오늘은 등굣길에서 마주치다니. 이런 우연이 계속돼서 무혁과 친구가 되면 좋겠다고, 말도 안 되는 상상을 했다.

"호진아."

갑자기 무혁이 옆으로 바짝 다가오더니 호진에게 어깨동무했다. 호진은 소스라치게 놀라며 몸을 움츠렸다. 어깨동무는 은수가 괴롭힘을 시작할 때 자주 취하는 몸짓이었다. 좀 전까지 들떠 있던 마음이 바닥으로 곤두박질쳤다. 은수로도 모자라 자신을 괴롭히는 사람이 한 명 더 늘 것 같다는 불길한 예감이 들었다.

"어제는 잘 잤어?"

예상치 못한 질문에 어젯밤에 꾼 꿈이 번쩍 떠올랐다. 은수에게 목을 결박당한 채 질질 끌려다니는 꿈이었다. 꿈인데도 목이 졸리는 느낌이 생생했다. 그러다 은수가 주먹을 치켜드는 순간, 다행히 잠에서 깼다. 다시 자면 같은 꿈을 꿀까 봐 그대로 밤을 새우고 등교하는 중이었다.

호진은 경계하는 눈빛으로 무혁을 쳐다봤다. 그러고 보니 지난번에도 자기에게 잘 자야 한다고 말했다. 자꾸 잘 잤는지에 관심을 가지는 게 영 이상했다. 신흥 사이비 종교 같은 건가 의심이 됐다. 그런 곳에 데려갈 속셈이 아니라면 이렇게 멀쩡한 애가 먼저 말을 걸어올 리 없지 않은가.

"응, 잘 잤어."

대충 대답하고 넘기려는데 무혁이 또 물어 왔다.

"무슨 꿈 꿔?"

"깨면 기억 안 나지. 다들 그렇잖아."

"잘 생각해 봐. 누가 괴롭힌다든지, 누구한테 맞았다든지."

온몸에 소름이 돋을 정도로 겁을 먹은 호진이 슬그머니 무혁의 어깨동무에서 빠져나왔다.

"어?"

그러다 저도 모르게 소리를 냈다. 한 여자아이가 가방끈을 바투 잡고 땅만 보며 교문을 통과하고 있었다.

"아는 애야?"

"응. 중학생 때 같은 학원에 다녔거든."

얼굴이 보이지 않았지만 누군지 확실하게 알 수 있었다. 소연이었다.

점심시간, 학교 본관에서 멀찍이 떨어진 운동장 벤치에 앉아 DCA를 켠 무혁이 어시스턴트에게 전화를 걸었다.

"무슨 일이십니까, 정무혁 님?"

"호강 고등학교로 여자 드림캐처 하나 보내 줘."

"왜 그러십니까?"

무미건조한 어시스턴트의 목소리가 들려왔다. 무혁도 시큰둥하게 답했다.

"여자애 한 명 꼬셔야 해."

"그 여자애가 여자를 좋아한답니까?"

"아니, 그게 아니고."

한 손으로 이마를 짚으면서 무혁이 한숨을 쉬었다.

"편견이 없어서 좋긴 한데, 내가 맡은 악몽자 때문에 그 여자애가 필요해."

“그럼 무혁 님이 접근하시면 되지 않습니까? 그 외모라면 충분하실 텐데요. 이번에는 꽤 괜찮은 외모로 골라 드렸습니다.”

무혁은 치미는 짜증을 억누르며 이를 악물었다.

“난 같은 반이 아니라서 접근하기 어려워. 그리고 성별이 같으면 좀 더 다가가기 쉽잖아.”

“알겠습니다. 본부에 요청하겠습니다.”

“그래. 나 전학 올 때처럼 티 나게 보내지 말고.”

등굣길에 본 여자애를 호진이 좋아하는 게 분명했다. 커진 동공, 반짝이는 눈빛, 미세하게 올라간 입꼬리. 그의 얼굴에 떠오른 표정은 인간 감정학 수업에서 배운 ‘누군가를 좋아할 때 나타나는 표정’ 그 자체였다.

무혁은 지금까지 아흔아홉 명의 악몽자를 담당하며 악몽을 빠르게 퇴치하는 방법을 익혔다. 대부분의 악몽자는 새로운 사람을 사귀면 상태가 호전됐다. 그중에서도 연애는 효과가 직방이었다. 그래서 호진에게 연애를 시키기로 결정했다. 빨리 일을 해치우고 결정대에 가기 위함이었다.

깍지를 껴 팔을 앞으로 뻗으면서 운동장으로 시선을 옮겼다. 축구하는 아이들이 일으킨 먼지로 시야가 뿌옜다.

‘김호진도 운동하면 푹 잘 텐데.’

그러나 한 달 동안 관찰해 본 결과 호진은 운동과 거리가 멀었다. 쉬는 시간이면 귀에 이어폰을 꽂고 책만 읽었다. 물론 그것도 잠깐이었다. 은수가 자꾸 불러 대는 통에 의자에 붙어 있을 때가 별로 없었다. 그걸 증명하듯 무혁의 눈에 본관 뒤편으로 향하는 은수 무리와 호진의 모습이 들어왔다. 쯧. 무혁이 혀를 차면서 자리에서 일어났다.

본관 뒤편의 공터는 분리수거장으로 사용되고 있었다. 볕이 들지 않아 사시사철 음습하고 을씨년스러운 데다 굳이 찾아가지 않는 이상 갈 일이 없는 외진 곳이라 학생들의 갖은 일탈이 일어나는 장소이기도 했다.

무혁은 발소리를 죽이고 분리수거장 쪽으로 다가갔다. 자욱한 담배 연기 사이로 은수와 은수의 친구 둘 그리고 호진이 보였다. 무혁은 상황을 잠시 관망하기로 했다.

"야, 김호진, 정무혁이 네 친구냐?"

은수가 호진의 가슴팍을 툭 밀쳤다. 호진은 말없이 고개를 저었다.

"그럼 뭔데? 요새 왜 네 주변에 붙어 있는 건데?"

바닥에 침을 뱉은 은수가 담배를 한 모금 길게 빨았다. 그러고는 입에 머금은 연기를 호진에게 내뿜고 고개를 꺾어 얼굴을 들이밀었다.

"야, 우냐?"

호진은 고개를 푹 숙인 채 아무 대꾸도 하지 못했다. 그 모습을 본 은수 무리가 낄낄대며 웃었다. 무혁은 지금이 자신이 나설 타

이밍이라고 생각했다.

"너희 뭐 하는 거야?"

담배를 피우던 세 명이 일제히 꽁초를 발로 끄고 허둥대며 허공을 휘휘 저어 담배 연기를 없애려고 했다. 그러다 무혁임을 확인한 은수가 짜증이 잔뜩 밴 얼굴로 위협했다.

"정무혁, 이번에는 그냥 가라. 친구끼리 할 말 있으니까."

무혁은 은수의 말을 무시하고 호진에게 다가가 허리를 숙여 고개를 떨군 호진의 표정을 살폈다. 그러자 호진이 고개를 돌려 무혁의 시선을 피했다.

"이러니 호진이가 잠을 잘 자겠냐고!"

무혁이 은수를 향해 버럭 소리를 질렀다. 안 그래도 악몽자를 구하는 건 어려운 일인데, 이런 애송이가 껴들어서 방해를 해 대니 성질이 날 수밖에 없었다. 결정의 날을 목전에 두고 있다는 생각에 마음이 급해진 탓도 있었다.

"나 방해하지 말고 가라."

목소리를 낮게 깔고 경고하는 무혁에게 은수가 황당해하며 대답했다.

"네가 우리를 방해하고 있는 거야. 더 방해하면 너도 처맞을 줄 알아라."

"참 나, 그러시든지."

"에이, 씨!"

은수가 양옆에 선 친구들의 등을 떠밀었다. 그걸 신호로 세 명이 동시에 무혁에게 달려들었다. 무혁은 상체를 좌우로 움직여 날아오는 주먹을 가볍게 피한 후 몸을 들이미는 은수의 뒤로 가서 목덜미를 잡아 바닥에 넘어뜨렸다. 은수가 고통스러운 듯 신음하며 몸을 비틀었다. 마구잡이로 주먹을 휘두르던 은수의 친구들이 순식간에 동작을 멈췄다.

은수의 옆으로 다가가 쪼그려 앉은 무혁이 은수만 겨우 들을 수 있을 정도로 조그맣게 말했다.

"내가 하는 일 방해하면, 너도 처맞을 줄 알아."

그러면서 손을 치켜들었다. 때리는 것으로 착각한 은수가 놀라 얼굴을 가렸지만, 무혁은 은수의 머리를 쓰다듬기만 했다.

"친구하고 친하게 지내라, 은수야."

고개를 돌려 가지런히 양손을 모으고 서 있는 나머지 둘에게도 타이르듯 말했다.

"너희도 친하게 지내. 알았어?"

둘은 말 잘 듣는 아이처럼 고개를 끄덕였다.

자리에서 일어선 무혁은 호진을 찾았다. 호진은 석상이 된 것처럼 아까 그 자리에 멀뚱히 서 있었다. 가까이서 보니 두 눈이 벌겠다. 그런 호진을 향해 무혁이 입꼬리를 어색하게 올렸다. 선해 보이고 싶을 땐 이렇게 웃어야 한다고 채린에게 배웠다. 겁에 질린 저 애를 달래야 했다. 이럴 때 어떻게 해야 하는지, 인간 세상

삼 년 차인 무혁은 잘 알고 있었다. 좋아하는 걸 보여 주면 된다.

"호진아."

"응?"

"네 친구는 몇 반이야?"

"친구?"

"아침에 본 여자애 있잖아."

"아, 소연이? 10반인데……."

"가자."

"뭐? 나도 고등학교 들어오고 나서는 소연이랑 이야기해 본 적 없어!"

호진이 질겁하며 뒷걸음질 쳤다.

"괜찮아. 이제부터 하면 되잖아."

무혁은 호진의 팔목을 잡아끌며 긴 다리로 성큼성큼 걸어 금세 본관에 도착했다. 10반은 4층 복도 끝에 있었다. 계단을 두세 칸씩 올라 단숨에 10반 앞으로 간 무혁이 뒷문을 열고 다짜고짜 소리쳤다.

"소연아!"

무혁을 쫓느라 숨을 헐떡대던 호진이 무혁의 팔을 양손으로 잡고 흔들며 말렸다. 그러나 10반 아이들의 이목은 이미 모두 무혁에게 쏠려 있었다.

"호진아, 근데 소연이 성이 뭐니?"

"기, 길소연."

"소연아! 길소연! 나와 봐. 호진이가 왔어."

무혁의 쩌렁쩌렁한 목소리가 복도에 울려 퍼졌다. 무혁은 의욕적으로 교실 안을 둘러보다 놀란 표정으로 자신을 쳐다보는 여자아이와 눈이 마주쳤다. 등굣길에서 본 아이와 인상착의가 비슷했다.

"네가 소연이니? 잠깐 나와 봐."

이리 오라는 손짓을 하자 이름이 불린 아이는 주변을 두리번대더니 고개를 푹 숙인 채 후다닥 달려왔다. 무혁이 자기소개도 없이 대뜸 본론부터 꺼냈다.

"소연아, 너 호진이 친구라면서? 우리 다음에 같이 놀자."

"무혁아……, 제발……."

호진이 등 뒤에서 애원했지만, 그러든지 말든지 무혁은 호진을 잡아당겨 자기 옆에 서게 했다. 호진과 소연은 서로 눈도 못 맞추고 다른 곳만 쳐다봤다. 순식간에 셋 주변으로 학생들이 모여들어 웅성거리기 시작했다. 무혁이 다시 입을 열려는 순간, 종이 울렸다.

"에이, 종 쳤네. 소연아, 다음에 또 올게."

그러면서 무혁은 소연에게 손을 흔들었지만, 소연은 인사도 없이 종종걸음으로 자리에 돌아갔다. 그날, 학교는 온종일 이 이야기로 시끄러웠다. 그 사실을 무혁만 몰랐다.

새벽 세 시, 무혁은 소연의 집 앞을 서성이며 DCA 화면을 뚫어져라 쳐다보고 있었다. 소연의 방 불은 한참 전에 꺼졌지만 DCA에는 꿈 신호가 잡히지 않았다.

소연을 보자마자 알 수 있었다. 저 아이는 무언가로 인해 괴로워하고 있다. 움푹 팬 눈, 흔들리는 시선, 우울한 기운까지. 여태 만나 온 악몽자들의 증상과 일치했다. 아니, 더했다. 그 정도면 꿈자리도 좋을 리 없었다. 그러나 꿈 신호가 잡히지 않아서 확인이 불가했다. 아직 잠을 못 이루고 있다는 뜻이었다.

하필 호진이 좋아하는 여자애가 이 상태라니. 길을 잃는 꿈을 꾸게 하는 악귀인 스턱(Stuck)을 만난 것처럼 갑갑했다. 소연이 호진에게 긍정적 에너지를 불어넣어 줘 호진이 완치되길 기대했건만, 오히려 악몽자끼리의 만남이 될 것 같았다.

무혁은 DCA에 '김호진'을 검색했다. 그런데 호진의 꿈 신호에도 불이 들어와 있지 않았다.

'이 자식은 왜 또 못 자는 거야?'

무혁의 미간에 깊은 주름이 졌다.

그 시각, 호진은 소연을 떠올리고 있었다. 설레면서도 걱정이 됐다. 다시 만난 소연은 중학생 때처럼 밝은 모습이 아니었다. 무슨 일이 있는 건지 물어보고 싶었다. 그러나 바보같이 말 한마디 건네지 못하고 무혁의 뒤에 숨고 말았다.

생각을 멈추고 침대에서 벌떡 일어나 거울 앞에 섰다. 작고 깡마른 몸뚱어리가 보였다. 호진은 주먹을 불끈 쥐었다.

'내가 무혁이 정도만 됐어도.'

가드를 올리고 상체를 좌우로 움직이면서 공격을 피하는 시늉을 했다. 원투, 원투. 주먹을 휘둘러도 봤지만 제 눈에도 볼품없었다. 금세 시들해져서 다시 침대에 누웠다. 학교에 가려면 어서 자야 하는데, 정신이 말똥말똥했다.

의문의 전학생

다음 날, 무혁과 소연의 이야기로 시끄럽던 호강 고등학교가 한층 더 시끌벅적해졌다.

"야, 대박. 10반 전학생 봤어?"

"아니? 왜?"

"엄청 예뻐! 우미보다 더 예쁜데?"

"그럼 연예인급 아니냐?"

10반 앞은 전학생 얼굴을 보려는 수많은 남학생으로 장사진을 이루었다. 결국 10반 담임 선생이 참다못해 앞문을 벌컥 열어젖히고는 꽥 소리를 질렀다.

"안 꺼져?"

그 소리에 개떼처럼 모였던 아이들이 바퀴벌레처럼 사사삭 흩어졌다.

한편, 1반 창문에는 각 반에서 모인 여학생들이 다닥다닥 붙어 있었다. 오늘 전학 온 남학생의 얼굴이 조각상이라는 소문이 전교에 퍼진 탓이었다.

1반 담임은 창밖에 있는 여학생들의 노골적인 시선을 애써 무시하면서 반 아이들에게 전학생을 소개했다.

"우리 반에 전학생이 왔다. 중간에 전학 와서 어색할 테니까 너희가 잘 챙겨 줘야 한다. 자, 네가 직접 소개해 봐."

"내 이름은 한태준이야. 잘 부탁해."

여학생들에게서 환호성이 터져 나왔다. 남학생들은 경계의 눈빛을 보내면서도 내심 전학생의 외모에 감탄했다. 이국적으로 생긴 얼굴과 180센티미터가 훌쩍 넘어 보이는 키, 떡 벌어진 어깨가 어쩐지 위압적으로 느껴지기도 했다.

인사를 마친 태준은 담임이 가리킨 제일 뒷자리로 걸어갔다. 졸린 눈으로 그 모습을 보던 무혁이 눈을 동그랗게 떴다. 눈이 마주치자 태준이 자신을 보고 미소를 지은 것이다.

'드림캐처인가? 여자를 보내 달라고 했는데?'

무혁은 고개를 갸우뚱했다. 자신의 담당 어시스턴트는 재수는 없지만 실수할 인물은 아니었다. 그래서 그냥 착각한 건가 하고 다시 책상에 엎드렸다.

쉬는 시간, 웅성거리는 소리에 무혁이 고개를 들어 보니 여자애들이 태준을 에워싸고 질문 공세를 퍼붓고 있었다.

“태준아, 어느 나라에서 왔어?”

“잘하는 운동 있어?”

“연예인 닮았다는 소리 들어 본 적 없어?”

엎드리길 포기한 무혁이 눈으로 호진을 찾았다. 호진은 이 와중에도 꿋꿋하게 책을 읽고 있었다. 무혁은 자리에서 일어나 호진에게 다가가 이어폰을 끼고 있는 호진을 큰 소리로 불렀다.

“호진아!”

“응?”

이어폰을 빼면서 호진이 고개를 들었다. 무혁은 쪼그려 앉아 호진의 책상 위에 양손을 올리고 턱받침을 했다.

“소연이 보러 가지 않을래?”

“아, 아니.”

무혁은 포기하지 않고 계속 호진과 눈을 맞췄다. 그러자 호진이 한숨을 쉬더니 읽던 책을 덮었다.

“하……, 그래. 가자.”

“오예!”

신이 난 무혁이 허공에 대고 주먹을 휘둘렀다.

10반으로 올라가는 길에 호진이 무혁을 붙잡고 애원했다.

“제발 큰 소리 내지 말아 줘.”

“왜?”

“소연이도 불편할 거 아냐.”

호진의 마지막 말은 웅성대는 소리에 묻혔다. 변성기가 지난 남학생들의 굵직한 목소리가 한데 뭉쳐져 시끌시끌했다. 10반부터 시작된 남학생의 행렬이 9반까지 이어져서 복도가 꽉 막혀 있었다. 당황한 호진이 이따가 다시 오자고 했지만, 무혁은 아랑곳하지 않고 크게 외쳤다.

"얘들아, 좀 비켜 줄래?"

그제야 복도를 막고 있던 아이들이 무혁의 걸음에 따라 양옆으로 길을 터 주었다.

무사히 10반 앞에 도착한 무혁은 고개를 빼 소연의 자리를 살폈다. 소연은 자리에 앉아 있고, 여자애 두 명이 소연의 책상에 걸터앉아 있었다.

"친구들이랑 있나 봐. 이따가 다시 오자."

호진이 무혁의 소매를 잡아당겼다. 하지만 무혁은 의욕이 철철 넘쳤다. 잠 못 드는 둘을 한시라도 빨리 연결시켜 행복한 꿈을 꾸게 해 주고 싶었다. 그래서 어찌할 바를 모르고 서 있는 호진의 귀에 대고 악쓰듯 말했다.

"너무 시끄러워서 안 되겠다! 내가 데리고 나올게!"

뒷문을 막고 서 있는 아이를 옆으로 밀치고 무혁은 10반 교실로 들어갔다.

10반에도 1반과 비슷한 풍경이 펼쳐져 있었다. 남학생 여럿이 여학생 한 명을 에워싸고는 흥분한 목소리로 이것저것을 묻고 있었다. 남학생들 사이에 앉아 있는 여학생과 눈이 마주친 무혁의 눈살이 절로 찌푸려졌다.

'어시스턴트는 보내도 하필 재를……'

무리의 가운데에 채린이 다리를 꼬고 앉아 있었다. 머리를 밝은 금색으로 염색해서 눈에 안 띄려야 안 띌 수 없었다. 드림캐처에게 머리카락 색상을 선택하는 옵션은 없으니, 저건 채린이 직접 염색한 게 분명했다. 제게 윙크를 날리는 채린을 무시하고 무혁은 소연에게 다가갔다.

"소연아, 잠깐만 나와 볼래?"

"나? 왜?"

고개를 숙이고 있던 소연이 어깨를 들썩이며 놀라더니 양옆에 앉아 있는 애들의 눈치를 살폈다.

"뭐 해? 가 봐. 이따 보자."

왼쪽에 있는 긴 생머리의 아이가 환하게 웃으며 소연의 어깨를 떠밀었다. 오른쪽에 있던 앞머리에 헤어 롤러를 만 아이는 손까지 흔들어 보였다. 그제야 소연은 의자에서 엉덩이를 뗐다.

10반 교실에서 나온 무혁은 소란이 덜한 8반 앞까지 가서야 걸음을 멈췄다. 그리고 뒤에서 졸졸 쫓아오고 있는 소연에게 손을 내밀었다.

"난 호진이 친구 정무혁이라고 해. 반가워."

무혁의 이름을 들은 소연이 겁에 질린 듯 몸을 바들바들 떨었다. 뒤에 서 있던 호진이 보다 못해 악수를 저지하며 불쑥 나섰다.

"소연아, 나 기억해? 용중 학원 같이 다녔던 김호진."

"응, 알지, 호진이. 근데 내가 빨리 들어가 봐야 해서……. 할 말이 뭐야?"

"어, 어? 그게……."

"오늘 끝나고 뭐 해? 집에 같이 가자."

무혁이 대신 물었다.

"나? 오늘은 안 되는데……."

소연이 초조해하며 말했다. 무혁은 끈덕지게 다시 물었다.

"그래? 그럼 언제 시간 돼?"

"잘 모르겠어……."

호진이 무혁의 옆구리를 푹푹 찌르며 눈치를 줬다. 무혁은 호진의 손가락을 잡아 아래로 내리고는 소연에게 힘주어 말했다.

"다음에 시간 좀 내 줘. 그럼 갈게."

그러고는 뒤도 돌아보지 않고 교실로 향했다.

교실에 돌아온 무혁은 자리에 앉아 팔짱을 낀 채 눈을 감고 고민에 빠졌다. 표정도 어둡고 말도 제대로 못 하는 소연이 마음에 걸렸다. 걱정거리가 있는 게 분명했다. 그게 무엇인지 알아내기 위해서는, 썩 마음에 들진 않지만 채린이 필요했다.

"무혁아, 담임 선생님이 너 오라는데?"

감았던 눈을 뜨자 앞에 반장이 서 있었다. 무혁이 수심이 담긴 얼굴 그대로 물었다.

"나? 왜?"

"전학생 때문인 거 같은데, 자세히는 모르겠어."

새벽 두 시, 소연의 집 앞 놀이터. 어디선가 적막을 뚫고 또각대는 구둣발 소리가 들려왔다.

"쟤야?"

채린이 소연의 방 창문을 손가락으로 가리켰다. 무혁이 고개를 끄덕이자 채린은 DCA 화면과 무혁의 얼굴을 번갈아 보면서 재차 물었다.

"근데 왜 신호가 안 잡혀?"

"그러게."

"왜 안 잡히는 거야!"

채린이 손톱 끝으로 DCA 화면을 툭툭 쳤다. 어휴, 저 성질머리……. 무혁은 혀를 내둘렀다.

"잠을 통 못 자는 거 같아."

"왜 못 자는데?"

"그게 네가 알아내야 할 문제야."

"잰 내 지정 악몽자도 아닌데 어떻게? 지원 요청이 들어온 게 아니라서 꿈에 접속도 못 해. 그건 너도 마찬가지 아냐?"

"넌 사람을 잘 꼬시잖아."

"그건 그렇지만."

채린이 새침한 표정을 지으며 웨이브 진 긴 금발을 귀 뒤로 쓸어 넘겼다.

"꼭 악몽을 퇴치할 필욘 없고, 친해진 다음에 얘기 좀 들어 줘. 그것만으로도 인간들은 큰 위안이 된다던데?"

"내가 말해 준 거 아냐? 근데 나는 남자 전문이라구."

입을 비죽 내미는 채린에게 무혁이 의아하단 듯 물었다.

"남녀가 크게 다른가? 안 되겠으면 소연이가 남자라고 생각하고 꼬시면 되지."

"네가 데리고 다니는 애가 더 꼬시기 쉽겠던데?"

"김호진? 갠 내버려 둬. 안 그래도 삶이 복잡한 애니까. 너까지 나서서 애 인생 망칠 일 있어?"

채린이 아쉽다는 듯 입맛을 다셨다.

무혁은 DCA를 켜 '김호진'을 검색했다. 호진의 꿈 신호는 짙은 파란빛이었다. 아직은 놔둬도 괜찮은 정도다.

"근데 너네 담임이 너 왜 불렀어?"

무혁이 놀라 되물었다.

"어떻게 알았어?"

채린이 풋, 하고 웃었다.

"반 남자애들이 알려 주던데? 알고 싶지 않아도 정무혁 씨 이야기가 많이 들려와요."

"안 그래도 그 이야기 하려고 했어."

"무슨 얘기?"

"전학생 이야기."

"조각상이라는 그 전학생?"

전학 온 지 하루 만에 모르는 게 없다. 무혁은 놀란 기색을 감추고 어이가 없단 투로 말했다.

"그 전학생이 나랑 짝꿍 시켜 달라고 했대. 뭐지, 그 자식?"

다음 날, 무혁은 팔짱을 낀 채 남자애들에게 둘러싸여 있는 태준을 주시하고 있었다.

'다짜고짜 나랑 짝꿍을 시켜 달라고 했다고?'

이런 일은 처음이다. 1반 학생들은 자신에게 함부로 다가오지 않았다. 자기가 인간관계를 맺는 데 워낙 서툴기도 했지만, 의도적으로 거리를 둔 탓도 있었다.

학생들 사이에서 최대한 눈에 띄지 않기 위해 무혁은 2월에 전학 수속을 마쳤다. 덕분에 다른 아이들과 함께 새 학기 첫날에 등교할 수 있었다. 그러나 반 아이들은 단번에 무혁이 전학생임을 알아챘고, 나서서 말을 걸지 않았을 뿐 뒤에서는 무성한 소문을 만들어 냈다.

소문은 첫 등교 때부터 생겨났다. 당시 신입이었던 어시스턴트가 직접 차를 몰아 학교에 바래다줬는데, 길을 모르는 무혁을 위해 학교 본관 앞까지 간 게 화근이었다. 어시스턴트가 뒷좌석의 문을 열자 무혁은 별생각 없이 차에서 내렸다. 그리고 이 장면을 목격한 아이들은 무혁이 기사가 문을 열어 주는 승용차를 타고 왔다고 쑥덕였다. 그날 딱 하루만 그랬다는 사실 같은 건 중요하지 않았다.

사실 학기 초에는 운동을 좋아하는 남학생들과 무혁의 멀끔한 외모에 호감을 느낀 여학생들이 말을 걸어오기도 했다. 하지만 다들 얼마 안 가서 우수수 떨어져 나갔다. 무혁은 오직 빠르게 임무를 완수하는 데만 관심이 있었기에 악몽자가 아닌 인간은 거들떠보지도 않았다. 웬만하면 책상에 엎드려 있기만 했고 꼭 말을 섞어야 할 땐 용건만 간단하게 말했다. 그래서 시간이 지날수록 1반 아이들에게 무혁은 알고 싶지만 다가가기 어려운 존재가 되었다.

그런데 먼저 다가오는 아이라니. 무혁은 새로운 인물의 등장에 신경이 쓰였다. 평소라면 책상에 엎어져 있을 시간이었지만, 그러는 대신 날카로운 눈빛으로 전학생을 관찰했다.

'어라?'

이번에는 착각이 아니었다. 분명 태준이 자신을 보고 미소 지었다. 무언가를 알고 있다는 듯한 미묘한 미소였다. 더는 참을 수 없어진 무혁은 벌떡 일어나 태준에게 갔다.

"전학생! 잠깐 나 좀 봐."

태준이 순순히 자리에서 일어섰다. 그를 에워싸고 있던 학생들이 길을 내어 주었다. 무혁과 태준이 문밖으로 나가자 교실은 무슨 영문인지 추측하는 아이들의 목소리로 삽시간에 시끌벅적해졌다.

"너 뭐야? 왜 나랑 짝꿍 하려는 거야?"

복도로 나오자마자 무혁은 단도직입적으로 물었다. 태준이 대번에 서운한 표정을 지어 보였다.

"나랑 짝하는 게 싫어?"

"왜 난데?"

"담임 선생님이 너도 전학 왔다고 하길래 도움받을 수 있지 않을까 했지."

그러면서 싱긋 웃었다. 무혁이 의심의 눈초리를 거두지 않고 계속 노려보자 태준이 이어서 말했다.

"우린 입장이 같잖아. 잘 부탁해. 같이 학교생활 잘해 보자."

무혁은 자신의 어깨를 툭툭 치는 태준의 손을 뿌리치고 교실로 들어갔다.

한편, 채린도 10반에서 소연을 계속 주시하고 있었다. 소연의 양옆에 여자애들이 계속 붙어 있는 통에 생각보다 말을 붙이기가 쉽지 않았다.

'근데 썩 친한 느낌은 아니란 말이지.'

채린이 눈을 가늘게 떴다. 소연과 양옆 애들 사이에는 묘한 기류가 흘렀는데, 양방향으로 흐르는 게 아니라 마치 한쪽 공기가 다른 한쪽을 위압적으로 누르는 모양새였다.

'내가 나서야겠네.'

그렇게 생각한 채린은 머리칼을 뒤로 넘겼다.

"얘들아, 잠깐만."

주변에 모여 있는 남자애들에게 채린이 양해를 구했다. 어떻게 해서든 말 한번 걸어 보려던 아이들은 걸어가는 채린의 뒷모습을 눈으로만 좇았다.

채린은 그대로 소연에게 다가갔다. 소연의 눈동자에 의아함이 떠올랐다. 옆에 있던 긴 머리 아이와 앞머리에 헤어 롤러를 한 아이가 곱지 않은 시선으로 채린을 쳐다봤다. 채린은 그들을 무시하고 허리를 굽혀 소연에게 말을 걸었다.

"네가 소연이지? 친하게 지내고 싶은데."

채린의 행동을 지켜보던 여자애들이 서로 눈짓을 주고받더니 코웃음을 쳤다. 혜진이 헤어 롤러를 달랑이며 시비조로 말했다.

"넌 뭔데 얘한테 친해지재?"

"소연이는 이미 우리랑 친하게 지내고 있는데? 그치, 소연아?"

그렇게 물은 우미가 긴 머리를 뒤로 쓸어 넘기며 방긋 웃었다. 소연은 마지못해 고개를 끄덕였고, 그 꼴을 본 채린은 기가 찼다. 목을 길게 빼 두 아이의 가슴팍에 달린 명찰을 봤다.

"여우미, 영혜진? 너네 이름이야?"

"그럼 뭐겠냐?"

혜진이 책상에서 폴짝 뛰어 내려와 채린 옆에 섰다. 허리를 꼿꼿하게 세웠으나 혜진의 머리는 채린의 어깨까지밖에 오지 않았다. 채린이 귀찮다는 투로 말했다.

"너네가 뭔지는 상관없고, 내가 소연이랑 친하게 지내겠다고."

"우미야, 들었어? 우리가 뭔지는 상관없단다."

혜진이 기가 찬다는 듯 말했다. 우미는 다리를 바꿔 꼬더니 곧바로 비아냥거리기 시작했다.

"넌 이름이 뭐더라? 구린? 어우, 구려. 하하하."

배를 잡고 웃던 우미가 갑자기 표정을 싹 바꾸고 싸늘한 목소리로 경고했다.

"그냥 가. 소연이는 우리랑 놀고 있었으니까. 아님, 쟤 말고 너랑 재미있게 놀아 줄까?"

그러면서 책상에서 내려와 위압적인 눈빛으로 채린을 쏘아보면서 손으로는 채린의 머리칼을 쓸어내렸다. 하지만 채린은 그 시선을 피하기는커녕 오히려 한쪽 입꼬리를 올리더니 한껏 하찮다는 표정을 지으며 말했다.

"야, 꺼져."

"뭐? 참 나, 네가 전학 와서 호강중 출신 여우미의 소식을 못 들었나 보구나?"

짝—!

우미가 순식간에 채린의 뺨을 쳤다. 살 부딪는 소리가 울려 퍼지자 교실에 질식할 듯한 정적이 흘렀다. 채린이 돌아간 고개를 원상태로 돌리며 눈을 부릅떴다. 그리고 치솟는 화를 꾹 참으면서 우미만 겨우 들을 수 있는 작은 소리로 속삭였다.

"너, 그러다가 죽어."

우미의 눈동자가 흔들렸다. 겁을 먹은 게 분명했지만 우미는 다시 오른손을 들었다. 주위에서 남자애들 몇몇이 조그맣게 "야, 그만해라"라고 말했으나 적극적으로 말리진 않았다. 여학생 중에는 나서는 이가 없었다.

채린은 교실에 깔린 공포를 감지했다. 이 교실에서는 여우미라는 아이가 왕이다. 싸움을 말리는 순간 뺨을 맞는 사람은 자신이 될 수도 있다는 두려움이 곳곳에서 느껴졌다. 저를 도와줄 사람이 없다면 스스로 벗어나는 수밖에 없었다.

그 순간, 우미의 손이 또 한 번 채린의 뺨을 향해 날아왔다. 채린은 빠른 속도로 그 손을 낚아챘다.

"악!"

우미가 외마디 비명을 질렀다. 채린은 이를 악물고 손아귀에 힘을 꽉 주었다. 손을 빼내려 우미가 발버둥 칠수록 더 강하게 제압하고 그의 손끝이 창백해질 때까지 놓아주지 않았다.

"제발 놔줘! 미안해! 내가 잘못했어!"

우미가 채린의 손등을 탁탁 치며 애원했다. 그제야 채린은 잡고 있던 우미의 손을 쓰레기 버리듯이 집어던졌다.

채린이 이번에는 혜진에게 다가갔다.

"영혜진? 너도 한번 덤벼 봐."

그러면서 혜진의 앞머리에 달린 헤어 롤러를 검지로 툭툭 쳤다. 혜진은 눈알이 빠져나올 것처럼 눈을 크게 뜨고는 사고가 정지한 듯 멀뚱히 서 있었다. 그러다 몇 초 후, 주술이 풀린 것처럼 울먹이면서 바닥에 털썩 주저앉았다.

채린은 두 아이에게 다시 한번 경고의 눈빛을 쏘고는 무릎을 굽히고 앉아 소연과 눈을 맞춘 채 아까와는 다르게 부드러운 목소리로 말을 걸었다.

"소연아, 내 번호 알려 줄 테니까 연락해."

호진의 집 앞 놀이터. 미끄럼틀에 누워 밤하늘을 올려다보고 있던 채린이 무혁에게 물었다.

"전학생은 어땠어?"

"신경을 툭툭 건드리는데, 일단 멋대로 하라고 놔두고 지켜보고 있어. 너는 길소연이랑 좀 친해졌어?"

"아직은?"

그렇게 대답한 채린이 의미심장한 미소를 지었다. 무언가를 하고 있긴 한 모양이었다. 성격이 거칠긴 해도 일을 처리할 때는 똑

부러져서, 채린이라면 믿을 수 있었다.

드림캐처가 악귀를 퇴치하는 건 악몽자가 잠깐 악몽을 꾸지 않도록 막는 임시방편일 뿐, 근본적인 문제를 해결하는 건 전적으로 악몽자의 몫이다. 대신 드림캐처는 악몽자의 주변 인물로 나타나 조력자 역할을 할 수 있다. 사적인 감정을 실어 악몽자의 삶에 깊숙이 개입만 안 하면 된다. 그래서 실력 있는 드림캐처는 악몽자를 곁에서 잘 구슬려 악몽의 원초를 빠르게 제거한다. 그건 채린이 가장 잘하는 일이기도 했다.

소연을 채린에게 맡겼으니 이제 호진만 신경 쓰면 됐다. 요 며칠간 꿈 신호 색이 나쁘지 않았지만 간헐적으로 끊기는 것으로 보아 숙면을 하는 것 같진 않았다. 분명 모든 게 순조롭게 진행되고 있는데도 무혁은 무언가가 영 찜찜했다. 아주 골치 아픈 일이 생길 것만 같은 예감이 들었다.

눈에 밟히는 사람

"정무혁!"

자신을 부르는 소리에 무혁은 고개를 돌렸다. 채린이 분주하게 쫓아오고 있었다. 그 뒤로 학생들이 쑥덕대는 게 보였다. 반도 다른 전학생들의 만남이 호기심을 자극한 모양이다. 그 시선이 신경 쓰여 무혁은 발을 멈추지 않고 계속 걸었다. 하지만 채린은 별로 개의치 않는 듯 무혁의 옆으로 바짝 다가왔다.

"어딜 그렇게 급하게 가? 몇 번이나 불렀는데 듣지도 못하고."

"아, 집에 가서 옷 좀 갈아입으려고."

"어디 가는데?"

"……."

"또 거기 가는 거야?"

"……응."

진저리가 난다는 듯 채린이 고개를 젓더니 당최 이해가 안 된다는 투로 물었다.

"임무가 끝난 게 언젠데 계속 가?"

"그냥……."

무혁은 더 대꾸하지 않았다. 아니, 할 수 없었다. 자신도 이유를 모르기 때문이었다. 이만하면 좋겠는데 채린은 멈추지 않고 잔소리를 계속했다.

"인간들은 그걸 마음이 간다고 표현해. 너 그 인간한테 정 주고 있는 거라고!"

무혁이 제 말을 흘려듣는 걸 눈치챈 채린이 다그쳤다.

"너 이번 임무 끝나면 소멸할 거라며. 곧 사라질 건데 정 주지 마. 그거야말로 그 사람 두 번 울리는 거야, 알아?"

무혁은 대답하지 않았다. 그랬는데도 계속 쫄래쫄래 따라오는 채린이 성가셔 갈림길이 나오자마자 보내 버렸다.

집에 들어가 교복을 벗었다. 명찰이 달린 교복 셔츠만 바꿔 입을까 하다가 결국 전부 갈아입었다.

집에서 나와 부지런히 걸었다. 빌딩 숲을 지나 한적한 주택가에 들어선 무혁은 속도를 늦췄다. 이 시간쯤이면 현정이 장을 보고 돌아올 때다. 준비가 안 된 채로 마주하고 싶지는 않았다.

골목을 빠져나오던 무혁이 급히 몸을 숨겼다. 장바구니를 든 현정이 집 대문 앞에 서 있었다. 주머니를 뒤적거리는 게 열쇠를 찾는 것처럼 보였다.

'도어 록으로 바꾸라니까.'

드림캐처인 자신보다 세상 물정에 어두운 현정을 보고 있자니 갑갑함이 밀려왔다. 드디어 열쇠를 찾았는지 현정이 문을 열고 들어갔다. 문이 완전히 닫히는 걸 보고 나서야 무혁은 골목길에서 나왔다.

현정의 집은 지어진 지 꽤 오래된 양옥집이다. 검붉은 벽돌을 네모반듯하게 2층으로 쌓아 올리고 그 위에 파란 기와로 지붕을 덮었다. 군데군데 금이 간 담장 너머로 감나무 가지가 삐져나와 있었다. 사람 손을 타지 않고 제멋대로 자란 티가 났다.

무혁은 현정이 방금 들어간 검은 대문 앞에 섰다. 철제 봉을 연이어 붙여 놓은 대문이 꼭 현정을 가두는 쇠창살처럼 보였다. 초인종을 누르기 전, 채린에게 배운 대로 양 입꼬리를 올리고 눈꼬리는 내렸다. 현정의 눈에 자신이 마냥 해맑은 고등학생으로 보이길 바랐다.

띵동—.

초인종을 눌렀으나 반응이 없었다. 장 본 걸 정리하고 있을 터였다. 무혁은 한 번 더 초인종을 누르고 기다렸다.

"누구세요?"

"저예요."

"어머, 잠시만!"

낮게 깔린 현정의 목소리가 높아졌다.

띠—.

곧 버저 소리가 나더니 문이 찰칵 하고 열렸다.

마당으로 들어선 무혁은 색 바랜 잔디를 가로질러 대문에서 현관까지 놓인 돌길을 따라 걸었다. 올 때마다 달라진 점을 찾아보지만 변하는 건 없었다. 먼지가 수북이 쌓인 은색 커버를 뒤집어쓴 자동차도 주차장에 그대로 있었고, 마당 오른편에 놓인 주인 없는 개집과 흙만 담긴 화분들도 여전히 제자리에 있었다. 이곳에는 시간이 흐르지 않는 듯했다. 저 혼자 잎을 내고 떨구는 감나무만이 계절의 변화를 알려 줄 뿐이었다.

"정혁아!"

현정이 현관문을 열고 나왔다. 무혁이 돌계단을 올라가 꾸벅 인사했다. 현정은 무혁의 등을 토닥이며 그를 반겼다.

"정혁아, 연락도 없이 무슨 일이야?"

무혁은 제가 지어 놓곤 아직도 그 이름이 귀에 익지 않았다.

지금 무혁이 쓰고 있는 정무혁이란 이름은, 사실 이 집 아들의 이름이다. 현정의 악몽을 퇴치할 땐 현신(現身)한 적이 없었다. 퇴치를 끝내고서야 그의 상태가 궁금해서 제 모습을 드러냈다. 아들의 친구인 척을 하자 현정이 대뜸 이름을 물었고, 정해 놓은 이름이 없어서 임기응변으로 정무혁의 앞뒤 글자를 따 '정혁'이라고 자신을 소개했다. 그래서 현정은 무혁을 아들 정무혁의 중학교

2학년 때 친구 정혁으로 알고 있다.

무혁이 드림캐처 네임을 정무혁으로 정한 건 그 이후였다. 이제는 이 이름이 제 이름처럼 편하지만, 현정을 만날 때면 남의 삶을 훔친 듯한 기분이 드는 것은 어쩔 수 없었다.

현관에 들어선 무혁은 신발을 벗으면서 집 안을 살폈다. 나무 판자를 빈틈없이 이어 붙인 벽과 바닥은 완성된 퍼즐처럼 보였다. 니스를 칠한 마룻바닥과 벽면이 형광등 불빛에 반사돼 반짝였다. 현관에서 거실까지 이어진 복도의 끝에 2층으로 올라가는 계단이 보였다. 이 집에 삼 년째 오지만 2층에는 한 번도 올라가 본 적이 없다. 현정도 사용하지 않는 공간인 듯했다.

현정을 따라 거실로 들어섰다. 높은 천장에 달린 샹들리에도 여전했다. 무겁게 내려앉은 분위기 때문인지 화려한 샹들리에가 우악스럽게 보였다.

"밥은 먹었니?"

현정이 탁자 위에 어지럽게 놓인 책들을 정리하면서 물었다. 무혁은 네, 하고 짧게 대답하곤 자연스럽게 소파에 앉았다.

"잠시만 기다리렴."

현정은 책을 탁자 아래에 숨기듯 놓고 부엌으로 갔다. 그의 움직임을 눈으로 좇던 무혁이 탁자 아래를 내려다봤다. 종교와 관련된 책들이 아무렇게나 쌓여 있었다. 여러 책에서 '구원'이란 단어가 눈에 띄었다. 무혁의 눈 밑이 가늘게 떨렸다.

'아들만 구원받으면 뭐 해요. 본인이 구원받아야지.'

무혁은 한숨을 내쉬며 벽을 바라봤다. 십자가와 먼지 낀 텔레비전 외에는 아무 장식도 없었다. 무혁이 처음 이곳에 왔을 때 걸려 있던 가족사진은 사라지고 그 자리에는 네모난 자국만 남았다. 텔레비전 장 위에도 분명 이것저것 놓여 있었는데, 지금은 아무것도 없다.

현정의 집은 무혁의 방에 비하면 몇 곱절은 넓다. 그런데도 이 집에 오면 물에 잠긴 것처럼 갑갑했다. 그런 곳에 계속 찾아오는 이유를 자신도 몰랐다. 오고 싶지 않은데 자꾸만 현정이 눈에 밟혀서 오게 됐다.

현정은 무혁의 첫 악몽자다. 남편과 아들을 비슷한 시기에 연달아 잃고 악몽을 꾸는 사람이었다. 그의 꿈은 칠흑같이 어두웠고, 앞으로 나가기 어려울 정도로 후회의 늪으로 가득 차 있었다. 처음부터 어려운 악몽자를 배정해 줬다며 지원하러 온 채린과 상덕이 툴툴댈 정도였다.

'그래서 인상에 깊게 남은 거겠지.'

무혁은 자신이 이 집에 계속 오는 이유를 애써 찾았다. 궁색한 변명이라는 걸 알지만, 이것 말고는 설명할 방법이 없었다.

현정이 쟁반을 들고 부엌에서 나왔다. 둥근 스테인리스 바구니에 딸기가 산더미처럼 쌓여 있었다.

"과일이라도 좀 들어."

그러면서 딸기를 찍은 포크를 무혁에게 건넸다.

"아주머니도 드세요."

무혁도 포크로 딸기를 찍어 현정에게 건넸다. 현정은 절반만 베어 물고는 포크를 다시 쟁반에 놓았다. 그 모습이 눈에 걸렸지만, 무혁은 더 권하지 않았다.

"무슨 일 있는 건 아니지?"

현정이 걱정 어린 눈빛으로 무혁을 바라봤다.

"전혀요."

무혁은 연습한 미소를 지었다. 무혁이 웃어 보이자 현정도 엷은 미소를 지었다. 하지만 그의 얼굴은 손으로 만지면 부서질 것처럼 푸석푸석해 보였다. 무혁은 그 얼굴이 자신이 예전에 만들었던 한지 탈 같다고 생각했다. 아흔다섯 번째 악몽자의 조력자로 중학교에 갔을 때 수행 평가 때문에 강제로 만들었다. 선생이 나눠 준 웃는지 우는지 모를 탈에 한지를 덕지덕지 붙여서 제출했었다. 현정은 꼭 그 탈의 얼굴을 하고 있다.

"아주머니도 별일 없으시죠?"

"그럼. 늘 똑같이 지내고 있는걸."

'그게 문제인 거야.'

애써 밝은 척하는 현정을 무혁이 또렷이 응시했다.

수습 드림캐처 시절, 무혁은 악몽자의 꿈 신호가 흰색이 되면 그의 고민이 해결된 거라고 배웠다. 그러나 꿈 신호가 하얀색에 가까워져도 현정의 삶과 표정은 바뀌지 않았다. 오히려 점점 생기가 없어져 가기만 했다. 그래서 제대로 악몽을 퇴치한 건지 개운치 않아 현신한 후 계속 현정의 주변을 맴돌았다.

그는 다른 악몽자들과 달랐다. 그에겐 악착같음이 없었다. 지금껏 봐 온 악몽자들은 자신의 상황을 개선하려고 아등바등했다. 이 년간 취업을 못 해서 악몽을 꾸던 바로 직전 악몽자만 해도 밤까지 공부하면서 새벽에는 기도하러 교회에 갔다. 그러나 현정은 악몽을 꾸던 시절부터 지금까지 아주 느릿느릿, 계속 동일한 속도로 살아가고 있다. 현재에서 더 나아지고 싶은 마음이 추호도 없어 보였다.

무혁은 현정에게 억지로 말을 붙였다. 그러나 대화는 오래 삶은 면처럼 툭툭 끊겼다. 현정은 언제나 성의껏 이야기를 들어주지만 제 이야기는 꺼내지 않았다. 애초에 꺼낼 말도 없어 보였다. 이야기 소재가 되기 어려울 정도로 그의 삶이 똑같은 탓이리라.

딸기만 몇 알 주워 먹고 무혁이 일어서자 현정도 같이 일어섰다. 대문까지 배웅을 나온 현정이 무혁에게 손을 흔들었다.

"다음에 또 오렴."

무혁이 짧게 네, 하고 대답했다. 항상 다음은 없다고 생각하지만, 잘 안 됐다.

현정의 집을 나서면서 무혁은 생각했다. 채린의 말은 틀렸다. 자신이 현정에게 정을 주는 게 아니라, 되려 자기가 현정이 준 정에 물들고 있었다. 소멸하면 이곳에 못 온다는 사실이 못내 아쉬운 걸 보면.

악몽을 심는 자들

흥얼거리면서 수학 문제를 푸는 짝꿍을 무혁은 마뜩잖은 눈으로 쳐다봤다.

'왜 이 자식이랑 내가 짝을 해야 하는 거야?'

반장의 말을 듣고 교무실로 담임을 찾아갔더니 담임이 대뜸 이런 말을 했다.

"무혁이 너도 전학 와서 어떤 심정인지 잘 알 거 아니냐. 그러니 네가 태준이랑 짝하면서 이것저것 알려 줘라."

"선생님, 저는 호진이랑 짝하고 싶은데요."

"딱 한 달만 부탁한다. 선생님 부탁이야, 응?"

담임은 목소리만 바꾸어 간절한 척했다. 눈빛은 평소와 다름없었다.

그 탓에 영 찝찝한 놈과 짝꿍이 됐다. 게다가 자리도 가운뎃줄

맨 뒷자리로 바뀌었다. 원래 자리는 교탁 바로 아래여서 엎드려 있기 편했는데, 키 큰 놈 두 명이 붙어 있으면 뒤쪽 애들이 안 보인다고 담임이 자리까지 옮겨 버렸다.

시선을 느꼈는지 태준이 고개를 돌렸다. 그러고는 눈이 마주치자 능청을 떨며 미소 지었다. 신경 끄는 게 최선이다. 다시 콧노래를 흥얼거리는 태준을 무시하고 무혁은 눈으로 호진을 찾았다. 호진은 텔레비전 앞, 제일 첫 번째 자리에 앉아 있었다. 자리를 바꾸면서 은수네 무리와 붙으면 어쩌나 걱정했는데 다행히도 가장 멀리 떨어진 곳이 되었다.

수업이 끝나자마자 무혁은 호진의 자리로 갔다.

“호진아, 어제는 잘 잤어?”

“무혁아, 뭐 하나만 물어봐도 돼?”

“응, 그럼, 그럼.”

“왜 너는 항상 잘 잤냐고 물어봐? 우리나라에서는 안부를 물을 때 보통 밥 먹었냐고 하잖아.”

생각지도 못한 질문이었다. 드림캐처에게는 인간이 잠을 잘 자는 것이 가장 중요한 일이라 그랬을 뿐인데. 당황한 무혁이 얼른 머리를 굴려 대답을 생각해 냈다.

“내가 외국 살다 와서 그런가 봐.”

“어디 살다 왔어?”

“저어기, 몇 시간 떨어진 곳인데……. 아하하…….”

어색하게 웃으며 질문이 더 들어오면 어쩌나 잔뜩 긴장하고 있는데, 태준이 불쑥 나타나 둘 사이에 끼어들었다.

"네가 호진이구나? 난 무혁이 짝꿍 한태준이야. 전학 와서 친구가 없는데 우리 친구 하자."

호진이 어리둥절한 얼굴로 태준과 무혁을 번갈아 봤다.

"호진이는 나랑 친구인데? 넌 다른 친구 알아봐라."

무혁은 과시하듯 호진의 어깨에 팔을 걸쳤다.

"정무혁, 네 친구라니 나도 관심이 가네."

반대편에 선 태준도 보란 듯이 호진에게 어깨동무를 했다.

"……얘들아, 난 화장실 좀 갈게."

호진이 슬금슬금 몸을 빼더니 교실을 빠져나갔다. 어느새 둘은 호진이 없는 호진의 자리에서 대치하고 있었다.

"한태준, 너 뭐야? 왜 자꾸 내 주변에 알짱대?"

"그렇게 말하면 좀 섭섭한데. 담임 선생님이 이것저것 알려 주라고 말씀 안 하셨어?"

시무룩한 표정을 짓는 태준을 보고 무혁은 주먹을 꽉 쥐었다.

'저게 악귀였으면 그냥 주먹을 날려 버리는 건데.'

"나도 호진이랑 친해질 거야. 네가 좀 도와줘."

그렇게 말한 태준이 빙긋, 눈웃음을 짓고는 자기 자리로 돌아갔다. 무혁은 그 모습을 얼떨떨한 표정으로 지켜봤다.

그날 밤, 무혁이 평소처럼 호진의 집 창문을 올려다보며 서 있는데 갑자기 DCA에서 긴급 알람이 울렸다. 호진의 꿈 신호가 검은색으로 바뀌어 있었다. 짙은 남색에서 옅은 푸른색으로 변해가던 때라 당황스러웠다. 얼른 이름을 터치해 호진이 지금 꾸고 있는 꿈을 영상으로 띄웠다.

교실에 교복 입은 아이들이 웅성대며 모여 있다. 중학생 정도 되는지 아이들의 얼굴이 앳되다.

두 학생이 싸우고 있다. 한 아이는 바닥에 깔려 있고, 다른 아이는 그 아이 위에 올라타 주먹을 마구 휘두르고 있다. 바닥에 깔린 아이는 날아오는 주먹을 양팔로 막기만 할 뿐 대응하지 않는다. 그때 누군가가 외친다.

"코피 난다!"

"끝났네! 김호진이 이겼어!"

함성과 응원 소리가 한데 섞여 교실이 시끌시끌하다.

승자가 씩씩대며 일어나 바닥에 누워 있는 아이를 흘낏 쳐다보고 이를 악문다. 누워 있는 아이는 코에서 뜨거운 것이 흐르는 걸 알면서도 그냥 내버려둔 채 한쪽 팔로 눈을 가린다. 눈물이 옆얼굴을 타고 주르륵 흐른다.

영상을 본 무혁은 머리를 긁적였다.

'이게 악몽이야?'

영상만으로는 정황을 파악하기 어려웠다. 확실한 건 호진이 꾸는 악몽의 뿌리가 중학생 때부터 이어진다는 것이다. 그렇다면 악몽 퇴치가 쉽지 않다. 무혁은 DCA에 뜬 접속 버튼을 눌렀다.

지난번엔 없던 링거링이 꿈 군데군데 달라붙어 있었다. 과거의 일을 꿈으로 꾸는 사람에게는 늘 링거링이 존재했다. 그걸 보면 과거라는 건 필연적으로 후회를 동반하는 건가 싶었다.

질척이는 늪을 헤치고 앞으로 나아가 보니 꿈 생성기 앞에 2미터가 넘는 타원형의 거울이 떠 있었다. 리콜렉트(Recollect)라 불리는 악귀였다. 리콜렉트는 떠올리고 싶지 않은 기억을 끄집어내 꿈으로 보여 줌으로써 인간을 괴롭힌다. 인간들에게는 공포의 대상일지 몰라도, 드림캐처에게는 퇴치하기 쉬운 악귀 중 하나일 뿐이지만.

'악귀가 바뀌었어?'

무혁이 고개를 갸우뚱거렸다. 호진의 악귀는 분명 불리였다. 한 사람의 꿈에서 둘 이상의 악귀가 나타나는 건 흔치 않은 일이다.

'아차!'

무혁은 다급하게 눈을 가렸다. 리콜렉트를 만나면 눈부터 가려야 한다고 선임 드림캐처들이 누누이 경고했었다. 그러지 않으면 후회라는 감정이 무엇인지 뼛속 깊이 알게 될 거라고 했다.

왼손으로는 눈을 가리고 오른 주먹으로 리콜렉트의 정중앙을 힘껏 쳤다. 유리가 산산조각 나면서 온 사방으로 튄 파편들이 가루가 되어 사라졌다.

서서히 색이 옅어지는 꿈 생성기를 통해 한결 편해진 얼굴을 한 채 자고 있는 호진의 모습이 보였다. 무혁은 꿈 생성기에 손바닥을 대고 호진이 부디 좋은 꿈을 꾸기를 기도했다.

꿈에서 빠져나와 DCA를 다시 확인했다. 호진의 꿈 신호가 하늘색에 가까운 옅은 파란색으로 바뀌었다. 꿈 신호의 색이 푸른빛을 띠다가 갑작스럽게 검은색으로 바뀌는 일은 흔하지 않다. 긴급 알람이 울린 것도 그 때문이었다.

"소문대로 실력이 좋네?"

소리가 나는 쪽을 향해 무혁이 고개를 돌렸다.

"말했잖아. 나도 김호진한테 관심이 간다고."

어둠 속에서 태준이 천천히 걸어 나왔다. 그제야 복잡하게 얽혀 있던 생각이 하나로 맞춰졌다.

"드림체이서였어?"

원수를 만난 것처럼 무혁의 얼굴이 일그러졌다.

드림체이서는 악몽을 심는 자들이다. 인간의 마음이 약해진 틈을 타 꿈에 악귀를 심어 악몽을 꾸게 만든다. 드림캐처가 악몽 치료제라면 드림체이서는 바이러스인 셈이다. 컴퓨터에 바이러스가 침투해야 그것을 고칠 수 있듯, 드림캐처도 드림체이서 때문에 인간이 악몽으로 고통받아야만 움직일 수 있다. 무혁은 이렇게 드림캐처가 드림체이서보다 언제나 한 템포씩 늦을 수밖에 없는 게 불만이었다.

무혁이 드림체이서를 아니꼽게 생각하는 이유는 한 가지가 더 있다. 드림체이서는 드림캐처를 알아볼 수 있지만, 역으로는 불가능하다는 점이다. 이 제약이 도통 납득되지 않아 신입 드림캐처 때 교육하러 온 강사 드림캐처에게 그 이유를 물어보기도 했다. 이제 겨우 사십 줄에 접어든 것처럼 보이는 젊은 강사는 많이 받아 본 질문인지 당황하지 않고 차분하게 설명해 주었다.

"바둑에서는 하수가 흑돌을 잡습니다. 먼저 두면 두 집 반 정도 유리하기 때문이죠. 드림체이서는 흑, 우리는 백입니다. 왜냐? 인간은 기본적으로 행복해지려고 노력하는 존재이기 때문입니다. 저는 이를 '인간의 항상성'이라고 부릅니다. 고통, 슬픔, 괴로움에 잠시 휘청할 때도 있지만, 인간은 기어코 행복을 좇는 존재죠. 그래서 드림체이서들이 인간을 무너뜨리기 위해 안간힘을 쏟아도, 우리 드림캐처들은 어질러진 꿈을 잘 청소하기만 하면 됩니다. 인간의 강인함을 믿고!"

강사는 확신에 찬 어투로 구호를 외치듯이 주먹까지 불끈 쥐었지만, 무혁은 속 시원하게 이해되지 않았다. 뭐, 만약 이해를 했다고 한들 그건 그거고, 싫은 건 싫은 거였다. 지금 제 눈앞에 있는 태준이 싫은 것처럼.

"처음부터 눈치를 줬는데 이제야 알았다니 실망인걸."

가로등에 비친 태준의 얼굴에 싸늘한 미소가 떠올랐다.

"드림체이서만 드림캐처를 알아볼 수 있는 건 좀 불공평하단 말이지."

"과거의 기억을 안고 사는 대가는 있어야 하지 않겠어?"

"생전에 아주 끔찍하게 살았나 보네. 과거가 무슨 폭탄이라도 되는 것처럼 말하는 거 보니?"

무혁의 비아냥에도 태준은 동요하지 않고 순순히 인정했다.

"맞아. 근데 네 과거도 크게 다르진 않을 거야."

"보시다시피 전 아무것도 기억나는 게 없어서요."

무혁은 놀리듯 입술을 삐죽 내밀고 어깨를 으쓱했다.

드림캐처와 드림체이서의 또 다른 차이는 과거의 기억이 남아 있는가다. 사망자 중 자격이 되는 자에게는 드림캐처와 드림체이서 중 무엇이 될지 고를 수 있는 기회가 주어지는데, 이때 드림캐처는 인간 세상에서의 기억이 지워지고, 드림체이서는 기억이 고스란히 남는다는 설명을 듣는다. 무혁이 정신을 차렸을 때는 이미 드림캐처가 된 후였고, 자신이 어떤 연유로 드림캐처를 골랐는지는 기억에서 사라졌다. 그러니 태준의 도발에도 태연할 수밖에 없었다.

태준이 바짝 다가와 감정이 담기지 않은 눈으로 무혁을 쳐다보다가 고개를 들어 호진의 집 창문을 가리켰다.

"저 아이가 네 지정 악몽자 맞지?"

"너도야?"

되묻는 무혁의 미간에 주름이 지더니 태준을 바라보는 눈빛이 매서워졌다.

"아니. 난 아니야."

"그럼 왜 호진이 근처를 얼씬거리는 건데?"

"글쎄……, 왜일까?"

태준이 입가에 웃음을 머금고 이죽거렸다.

무혁은 손을 말아 쥐었다. 당장이라도 저 면상에 주먹을 꽂아 넣고 싶었다. 부들거리는 무혁을 향해 태준이 진정하라는 듯 양 손을 펼쳤다.

"워워. 드림체이서와 드림캐처는 현실에서는 싸우면 안 된다는 조항, 잊었어? 꿈에서만 싸우자고. 호진이 꿈속이 좋을까? 하하하."

폭소를 터트리는 태준에게 무혁이 경고하듯 내뱉었다.

"상관없는 사람은 건드리지 마."

"상관이 없다니? 나한테는 호진이라는 친구가 필요해."

"그러니까 호진이는 왜? 네 지정 악몽자도 아니라며!"

더 이상 참지 못한 무혁이 태준의 멱살을 잡았다. 그러자 태준이 재밌어 죽겠다는 듯 킥킥댔다. 무혁은 핏발이 선 눈동자를 태준의 얼굴에 들이대고 말했다.

"재밌어? 인간들이 고통을 겪는 걸 뻔히 보면서도, 재밌어?"

무혁의 손을 풀고 태준이 빈정댔다.

"인간의 고통은 인간 스스로 만든 거야. 우린 잊지 않도록 되새겨 줄 뿐이라고."

그러고는 되새겨 준다는 말을 강조하듯 자신의 관자놀이를 검지로 두 번 치더니 무혁의 귓가에 대고 속삭이듯 말했다.

"너무 애쓰지 마. 인간은 날개를 달아 주면 알아서 추락하는 존재니까."

아리송한 말을 던진 태준은 저벅저벅 걸어 다시 어둠 속으로 사라졌다.

일주일이 지나도 전학생을 향한 관심은 줄어들 줄 몰랐다. 1반 아이들은 쉬는 시간이 되면 여전히 태준의 주위에 모여들었다. 쏟아지는 질문에도 태준은 귀찮아하는 기색 없이 하나하나 사근사근하게 대답해 주었다. 팬 사인회를 하는 연예인을 훔쳐보듯 호진은 그 모습을 힐끔댔다.

"김호진."

그때 누군가가 어깨를 툭툭 쳤다. 귀에서 이어폰을 빼고 고개를 돌리자, 무혁이 눈을 말똥말똥하게 뜬 채로 자신을 내려다보고 있었다.

"무슨 일이야?"

"오늘 학교 끝나고 뭐 해?"

"아무 일 없는데. 왜?"

"그럼 나랑 맛있는 거 먹으러 가자."

호진은 의심의 눈초리로 무혁을 쳐다봤다. 본격적으로 포교 활동을 시작하는 건가 싶었다. 반발심이 싹텄으나 무혁의 얼굴에 기대감이 가득해 도저히 떨쳐 낼 수가 없었다. 아니, 오히려 누군가의 살가운 관심이 너무 오랜만이라 가슴이 두근거리기까지 했다. 귀찮다는 듯이 "그래" 하고 대답했지만, 머릿속에서는 뭘 먹으러 가면 좋을까 열심히 고르고 있었다.

"아, 근데."

자기 자리로 돌아가던 무혁이 뒤돌아보더니 턱끝으로 태준을 가리켰다.

"잰 끼면 안 돼."

둘은 학교를 마치고 분식집으로 향했다. 땀을 뻘뻘 흘리며 떡볶이를 먹는 무혁의 모습을 흥미롭게 지켜보던 호진은 무혁에게 물컵을 건네면서 물었다.

"태준이를 왜 그렇게 싫어해?"

"어떻게 알았어?"

어묵을 입에 넣던 무혁이 놀라서 눈을 동그랗게 떴다. 호진은 픽 하고 웃었다.

"다른 애들도 다 알걸? 네 눈빛만 봐도 그렇거든."

"느낌이 싸해. 너도 친하게 지내지 마."

"내가 어떻게 그런 애랑 친해지겠어."

호진에게 친구라는 말은 공룡처럼 사전에만 있는 단어였다. 친구는커녕 누군가와 마주 보고 밥을 먹는 게 얼마 만인지 모른다.

"요새 은수랑은 어떻게 지내?"

무혁이 새빨간 어묵을 하나 더 입에 넣으며 물었다. 호진은 순간 멈칫했다. 이름만 들었을 뿐인데도 한 대 맞은 것처럼 가슴이 욱신거렸다. 시무룩해진 호진이 앞접시에 담아 둔 떡볶이에 시선을 박은 채 대답했다.

"요새는 건드리지 않더라. 네 덕분이야."

"다행이다. 친하게 지내는 건 좀 어렵겠지?"

"괴롭히지만 않아도 다행이지, 뭐."

호진은 입꼬리를 내리며 자조하듯 말했다.

"넌 언제부터 괴롭힘당했어?"

무혁이 또다시 물었다. 이름이 뭐냐고 묻는 것처럼 무미건조한 말투였다. 호진은 놀라서 입이 절로 벌어졌다. 상대방에게 상처가 될 수 있는 질문을 이렇게 대놓고 하는 사람은 처음 봤다.

그러나 무혁은 순수하게 궁금하다는 눈빛을 하고 있을 뿐, 조롱이나 힐난할 낌새는 없어 보였다. 그 모습에 조금 용기가 생겼다. 한 번도 꺼내 본 적 없는 이야기를 하기 위해 호진은 호흡을 가다듬고 조심스럽게 입을 열었다.

"중학생 때부터……."

"몇 학년?"

무혁이 말을 자르고 질문을 덧붙였다. 심기가 상했지만 호진은 꿋꿋하게 말을 이으려고 했다.

"2학년. 그때부터……."

"왜?"

또다시 말이 잘린 호진이 참지 못하고 소리쳤다.

"뭐가 그렇게 궁금해? 너 지금 되게 무례한 거 알아?"

무혁의 얼굴이 굳었다. 그걸 본 호진은 뜨끔해서 되려 고개 숙여 사과했다.

"미안해……."

"아니야. 무례했다면 미안해. 안 물어볼게."

무혁은 주저 없이 사과하고는 아무 일도 없었던 것처럼 다시 떡볶이를 먹기 시작했다. 음식 씹는 소리만 가게에 공허하게 울려 퍼졌다.

호진은 금세 후회했다. 여태껏 자신에게 무슨 일을 겪고 있느냐고 물어봐 준 사람은 없었다. 괴롭힘을 당하는 줄 알면서도 모른 척하는 사람들만 있을 뿐이었다. 담임과 상담할 때도 그랬다. 상황을 어렴풋이 알고 있으면서도 자신이 입을 다무니 담임은 없는 일이라 치부하는 듯했다. 아니, 혹여나 자기 입에서 어떤 말이라도 나올까 긴장한 기색이 역력했다. 결국 아무 말 못 하고 일어서자 담임은 제 어깨를 두드렸다. 힘든 일 있으면 언제든 이야기

하라는 말과 함께.

무혁은 계속 땀을 흘리면서도 젓가락을 내려놓지 않았다. 호진의 과거사 따위에는 깨끗하게 관심을 거둔 모양이었다. 그러자 오히려 호진의 입이 근질근질해지기 시작했다. 함구하는 게 버릇이 돼서 케케묵은 감정을 논리정연하게 설명할 자신은 없었지만, 이 기회에 누군가에게 속 시원하게 털어놓고 싶기도 했다.

"무혁아."

"응?"

"내 이야기 해도 돼?"

"그럼!"

무혁이 떡볶이 국물이 묻은 입꼬리를 한껏 올렸다. 기괴한 미소였지만 안심한 호진은 주위에 은수네 무리가 없는지 눈으로 훑고는 이야기를 꺼냈다.

"은수랑은 같은 초등학교에 다녔어. 4학년 때는 같은 반이었고. 그땐 친하게 지냈어. 집도 근처여서 맨날 같이 다녔거든. 중학교 때는 다른 학교였는데, 1학년 때 갑자기 은수가 우리 학교로 전학을 왔어. 강제 전학이라고 하더라. 그땐 그게 뭔지도 몰랐어. 그냥 반가운 마음에 은수네 반에 놀러 갔지.

처음에는 초등학생 때처럼 잘 지냈어. 서로 장난도 걸고, 받아 주고. 몇 번 그렇게 만나러 가다가 발길이 점점 뜸해졌어. 반이 다르니까 자연스러운 일이었지, 뭐.

근데 여름 방학이 끝나고 2학기가 되니까 은수는 많이 달라져 있더라. 원래는 나랑 키가 비슷했는데, 어느새 나보다 머리통 하나만큼 커졌어. 외모뿐만이 아니었어. 1학기가 끝날 무렵에 전학을 왔는데도 어울리는 친구가 많았어. 다른 반 애들하고도 스스럼없이 지냈고. 기껏해야 한두 명이랑 어울리는 나랑은 달랐어.

그쯤부터는 내가 알던 은수가 아니었어. 나는 뉴스에서만 본 일들을 아무렇지 않게 하더라고. 친구들하고 무리 지어 다니면서 사고 치고, 쌤들한테 혼나고, 술 마시고, 담배 피우고, 생활 지도부에 불려 가고 그런 거 말이야.

어느 날, 복도를 지나가는데 은수가 장난을 걸었어. 무술 영화에 나오는 거 알지? 주먹으로 탁탁탁 치는 거. 그래서 나도 손바닥으로 주먹을 탁탁탁 막고 나서 은수에게 헤드록을 걸었어. 원래 그러면 은수가 그걸 풀고 나한테 헤드록을 걸어야 하거든? 근데 걔가 어떻게 했는지 알아?"

"어떻게 했는데?"

"나를 밀치고 발로 차더니 씩씩대면서 쌍욕을 했어. 애 얼굴이 벌겋더라고. 어안이 벙벙해져서 은수를 쳐다봤지. 자기가 해 놓고도 놀랐는지 은수의 눈동자가 흔들렸어. 난 그 눈빛을 분명히 봤어. 근데 같이 다니는 친구들이 낄낄대니까 거기에 자극을 받았는지, 은수가 갑자기 다시 달려들어서 내 얼굴을 주먹으로 쳤어. 그게 시작이었어. 그다음부터는 뻔한 이야기야. 와서 놀리고, 빌린다면서 물건 가져가고, 말 안 듣는다고 때리고. 점점 정도가 심해졌을 뿐, 그게 지금까지 이어지고 있는 거야."

"그게 다야?"

"어? 어……."

호진이 당황하며 말을 얼버무렸다. 그러자 무혁은 계산이 맞지 않아 고민하는 가게 주인처럼 고개를 갸우뚱거렸다. 마치 무언가를 알고 있는 것 같았다.

호진은 이왕 터놓은 김에 누구에게도 말하지 않았던 더 깊은 속내를 털어놓을까 잠시 고민했지만, 결국 입을 다물었다. 자기만큼이나 친구가 없는 무혁이 옛날 일을 알고 있을 리 없었다.

"너무 내 이야기만 했다. 무혁아, 너는……."

"호진아."

호진의 말을 싹둑 자른 무혁이 단호하게 말했다.

"운동하자."

"운동?"

"네 몸은 네가 지켜야지."

"……운동한다고 달라질까?"

"과거를 바꿀 수 없다면 앞으로의 일이라도 바꿔야지."

호진이 동의한다는 듯 고개를 끄덕였다. 하지만 속으로는 졸업만 하면 모든 게 해결될 거라고 생각하고 있었다.

"내가 다니는 체육관이 있어. 거기 같이 다니자."

"내, 내가, 시, 시간이 없어서……."

호진이 당황해서 말을 더듬었다. 적당히 둘러댈 생각이었는데 이렇게까지 적극적으로 나올 줄은 몰랐다. 남는 게 시간이었지만 체육관에 다닐 돈이 없었다. 게다가 잘사는 무혁이 다니는 체육관이라면 터무니없이 비쌀 게 뻔했다.

"너 집에 들어가면 아무것도 안 하던데 뭐가 시간이 없어?"

"어떻게 알았어?"

깜짝 놀란 호진의 목소리가 커졌다.

"딱 보면 알아. 그냥 해. 아무것도 준비할 필요 없어."

"내가 운동을 해 본 적이 없어서, 잘할 수 있을까 걱정도 되고……."

"처음부터 잘하는 사람이 어딨어? 일단 해 보는 거지. 내일부터 시작하는 거다?"

"고민할 시간은 줘야지!"

호진이 마시던 물컵을 쾅 소리 나게 내려놓았다. 주변 손님들이 무슨 일이 났나 하고 두 아이가 앉은 테이블을 쳐다봤다. 호진은 시뻘게진 얼굴로 연거푸 고개를 조아렸다.

"뭘 고민해. 생각만 하면 할 수 있는 게 없어. 나만 믿어."

무혁이 자신만만한 미소를 지었다.

"어서 오세요."

직원의 목소리가 들리자 둘은 동시에 문 쪽을 바라봤다. 태준이 한 여자아이와 같이 가게에 들어서고 있었다. 그걸 본 무혁이 인상을 찌푸리고는 손바닥으로 얼굴을 가렸다.

"오, 호진아!"

호진과 눈이 마주친 태준이 손을 흔들었다. 엉겁결에 호진도 손을 드는데 무혁이 정색하고 잡아 막았다. 가까이 다가온 태준이 무혁을 보고 반색했다.

"무혁이도 같이 있었구나. 되게 반갑다."

그러고는 주변을 둘러보더니 호진에게 양해를 구했다.

"어쩌지, 자리가 없는데 같이 앉아도 될까?"

호진은 태준과 무혁을 번갈아 보면서 고민했다. 무혁이 계속 한 손으로 얼굴을 가린 채 고개를 빠르게 좌우로 흔들고 있었다. 그사이 태준이 호진 옆에 앉았다. 여자아이도 자연스럽게 무혁의 옆자리에 앉았다.

"여기는 나랑 친해진 10반 부반장 박지율. 같은 동아리야. 이쪽은 내 짝꿍 무혁이랑 친구 호진이."

호진이 우물쭈물하며 지율에게 고개를 숙였다.

"안녕? 나는 박지율이야."

지율이 양손을 흔들며 인사한 뒤 고개를 돌려 무혁을 보고 알은체했다.

"네가 무혁이구나? 태준이랑 처음 친해진 친구라고 들었어."

"누가 재랑 친구야?"

무혁이 버럭 소리쳤다. 그러고는 먹은 것을 빠르게 정리하더니 불쑥 자리에서 일어났다.

"우린 다 먹었으니까 너네 여기서 먹어."

"이제 막 왔는데 어딜 가. 더 먹고 가."

지율이 애교 섞인 콧소리를 내며 양손으로 무혁의 팔을 잡았지만 무혁은 힘을 주어 잡힌 팔을 빼고는 가게 밖으로 나갔다. 호진도 어쩔 수 없이 무혁을 따라 나갔다.

가게를 나오니 시원한 봄바람이 불었다. 호진은 그제야 숨통이 트이는 것 같았다. 손부채질을 하며 무혁의 옆얼굴을 올려다봤다. 화가 났는지 표정이 딱딱하게 굳어 있었다.

호진의 집까지 같이 걸어가면서도 무혁은 계속 말이 없었다. 호진은 눈치를 보다가 집 앞에 다다라서야 조심스럽게 물었다.

"괜찮아?"

그러자 무혁이 호진을 내려다보며 머리를 쓰다듬었다.

"뭔 일 있었어? 우리 같이 운동이나 하자."

"이채린."

"정무혁, 웬일로 이 시간에 전화를 했어?"

무혁은 DCA를 귀에서 떼고 시간을 확인했다. 저녁 일곱 시였다. 드림캐처들에게는 연락하기 아직 이른 시간이다.

"부탁이 있어."

"뭔데?"

무혁이 오른손에 들고 있던 DCA를 왼손으로 옮겨 잡으면서 말했다.

"내일은 본사에 가야 해. 그러니까 호진이 좀 잘 봐 줘."

전화를 끊은 무혁은 호진의 꿈 영상을 떠올렸다. 영상의 내용은 아무리 생각해도 호진의 말과 맞지 않았다. 꿈에서는 분명 호진이 싸움에서 이기고 씩씩대고 있었다.

간혹 인간들은 현실에서 겪은 일을 왜곡해서 꿈으로 꾸기도 했다. 호진도 그런 건가 싶다가도 좀 이상하다는 생각이 들었다. 그런 경우 인간들은 대체로 그 꿈을 통쾌하다고 여겼다. 상사한테 혼이 나고 울면서 퇴근했지만 꿈에서는 상사를 혼내 준다든가, 실제로는 시험을 망쳤는데 잘 보는 꿈을 꾼다든가 하는 것처럼 말이다.

하지만 호진의 꿈 배경은 아주 새카맸다. 끙끙 앓는 소리를 낼 정도의 악몽인 게 분명했다. 같이 운동하면서 호진에 대해 더 알아봐야겠다고, 무혁은 생각했다.

접근

서울시 진홍구에 위치한 스카이 타워. 108층까지 거침없이 올라가는 엘리베이터를 타고 있으니 귀가 먹먹했다. 탁 트인 서울 전경을 바라보며 무혁은 입을 다물지 못했다.

엘리베이터에서 내려 주위를 두리번대자 '드림캐처스'라는 간판을 단 사무실이 보였다. 불투명한 유리문은 굳게 닫혀 있고, 너머로는 아무것도 보이지 않았다. 무혁은 어시스턴트에게 전화를 걸었다. 전화는 한참 신호가 간 후에야 연결됐다.

"사무실 앞인데 어떻게 들어가?"

"오른쪽에 보안 시스템이 있습니다. 1차, 2차 인증하시면 됩니다."

전화가 끊어졌다. 여러모로 마음에 안 드는 어시스턴트지만, 전화할 때 가장 마음에 안 들었다.

어시스턴트의 말대로 양 미닫이로 된 출입문 옆에 보안 시스템이 있었다. 무혁은 가운데에 주먹만 한 렌즈가 달린 박스 앞으로 갔다. 얼굴을 들이밀자 네모난 화면에 불이 들어왔다.

1차 인증: 눈동자를 안내선에 맞추어 주십시오.

무혁이 안내선에 맞게 무릎을 조금 굽혀 눈동자를 갖다 댔다.

인증되었습니다.
2차 인증: 손바닥을 안내선에 맞추어 대 주십시오.

손바닥을 대니 스캔을 진행했다. 이어서 안내음이 나왔다.

인증되었습니다. 반갑습니다. 190723-13호 님.

2차 인증까지 마치자 유리문이 양옆으로 열렸다. 무혁은 사무실 안으로 몸을 밀어넣었다.

"어서 오십시오, 정무혁 님."

새하얀 정장을 위아래로 맞춰 입은 어시스턴트가 허리 숙여 인사했다. 문 바로 뒤에 있었으면 그냥 열어 주면 될 것을……. 무혁이 어시스턴트에게 눈을 흘겼다.

"드림헤더가 호출했어. 어디로 가?"

"제가 모시겠습니다. 따라오시죠."

드림캐처스 내부는 여느 회사와 다름없었다. T자 모양으로 놓인 업무용 책상이 사각형으로 된 파티션으로 균일하게 분할되어 있고, 칸마다 동일한 모델의 모니터가 두 대씩 나란히 자리를 차지하고 있었다.

자리 주인의 성격에 따라 다르게 꾸며진 책상들을 보며 무혁은 서른세 번째 악몽자의 조력자로 회사에 취직했을 때를 떠올렸다. 상사의 갈굼과 동료들의 따돌림 때문에 악몽을 꾸던 악몽자는 너저분한 책상만큼 꿈도 뒤숭숭했다. 그는 울며 겨자 먹기로 퇴사한 후에 다행히 이직한 회사가 운 좋게 잘 맞아 평정을 되찾았다.

재정부와 기획부를 지나 천장에 달린 부서 표찰이 매니지먼트부로 바뀌었을 때, 뒤에서 무혁을 부르는 소리가 들렸다.

"무혁 님?"

뒤돌아보니 낯익은 어시스턴트가 서 있었다.

"어, 상덕이 어시스턴트 님?"

"맞아요, 맞아요! 상덕 님 어시스턴트 류진이에요!"

소년같이 앳돼 보이는 어시스턴트가 무혁을 보고 한걸음에 달려왔다. 키가 160센티미터 정도밖에 안 돼 보였다. 190센티미터가 넘는 상덕과 그의 어시스턴트가 같이 서 있는 모습을 상상하자 무혁은 피식 웃음이 나왔다.

"상덕이는 잘 지내죠? 요새 신경 쓸 일이 많아서 연락을 통 못 했네요."

상덕의 안부를 묻자 류진의 낯빛이 어두워졌다.

"실은 요즘 상덕 님의 드림캐처 활동이 뜸해요."

"네? 왜요?"

"지난번에 악귀 퇴치를 하다가 일이 좀 있었는데……."

"다쳤어요?"

무혁은 눈을 동그랗게 떴다. 그러자 류진이 비밀스러운 말을 전하려는 듯 무혁에게 바짝 다가왔다.

"어이, 류진 어시!"

큰 소리가 나자 류진이 뒤를 쳐다봤다. 선임으로 보이는 어시스턴트가 엄한 표정으로 이리 오라는 손짓을 하고 있었다.

"무혁 님, 저는 가 봐야겠어요. 다음에 기회가 되면 말씀드릴게요."

허리를 숙여 꾸벅 인사한 류진은 총총걸음으로 사라졌다.

대화가 끝나기를 기다리던 무혁의 어시스턴트가 다시 발걸음을 옮겼다. 상덕에 대한 궁금증이 피어났지만, 무혁도 어쩔 수 없이 발을 떼야만 했다.

정장 차림의 어시스턴트들로 북적이는 사무실을 나와 걷다 보니 복도 끝에 문이 하나 보였다. 나뭇결과 옹이가 그대로 살아 있는 원목에 멋들어지게 늘어진 버드나무가 새겨져 있어 한눈에 봐도 높은 사람이 일을 하는 곳이라는 느낌을 주었다. 문 위쪽에는 '드림헤더'라는 표찰이 달려 있었다. 어시스턴트가 사무실 문을 노크하자, 안에서 들어오라는 여성의 목소리가 들려왔다.

문을 열자 서울 시내가 훤히 보이는 통유리 창이 가장 먼저 시선을 사로잡았다. 하얀 블라우스에 하얀 정장 바지를 입은 드림헤더가 창을 통해 쏟아지는 햇살을 등진 채 환하게 웃으며 무혁을 맞이했다.

"무혁이 왔구나. 앉아라."

무혁은 상앗빛 소파에 앉아 손으로 소파의 가죽을 훑으면서 사무실 내부를 둘러봤다. 인테리어와 배치한 소품 하나하나에 공을 꽤 들인 듯했다.

"미국 본사에 계시는 줄 알았는데요."

"이번에 한국 지사로 발령받았어. 그래서 여기로 오라고 했지."

양손에 찻잔을 든 드림헤더가 무혁의 맞은편에 앉았다. 무혁이 찻잔을 받아 한 모금 들이켰다. 그러자 몸이 따뜻해지면서 포근한 기분이 들었다.

"이건 무슨 차예요? 좋네요."

"'레스트(Rest)'라는 차야. 심신 안정에 좋대. 드림캐처 중국 지사에서 개발했다더라."

무혁은 고개를 주억거리며 한 모금 더 홀짝였다. 그의 행동을 가만히 지켜보던 드림헤더가 물었다.

"드림체이서가 나타났다며?"

무혁이 눈을 치켜떴다. 차가 뿜어 내는 김 사이로 드림헤더의 평온한 얼굴이 보였다. 자신은 보고한 적이 없으니 어시스턴트가 일러바친 게 분명했다. 아까부터 앉지도 않고 소파 뒤에 멀뚱히 서서 보는 이마저 불편하게 만드는 어시스턴트를 다시 한번 흘겨봤다. 드림헤더가 이어 말했다.

"같은 반이라면서. 신경 쓰이겠네."

"뭐, 조금은요."

"어째서 이렇게 정체를 빨리 드러냈을까? 숨기려면 얼마든지 숨길 수 있었을 텐데."

"그거야 저도 모르죠. 제 반응을 보면서 즐기는 것 같기도 하고."

이죽대는 태준의 얼굴이 번뜩 떠올랐다. 무혁은 약을 먹듯 서둘러 차를 한 모금 더 마셨다. 부글부글 끓던 속이 태풍이 지나간 바다처럼 차분해졌다.

"드림캐처는 왜 드림체이서를 알아볼 수 없는 거예요? 너무 불공평하잖아요."

무혁이 뾰로통한 얼굴로 소파의 손잡이 부분을 검지 끝으로 박박 긁었다. 그러자 드림헤더가 갑자기 자리에서 일어나 책상으로 가더니 하얀색 서류봉투를 들고 와 무혁에게 건넸다.

"그래도 우리는 드림체이서가 누군지만 알면 정보를 얻을 수 있잖아. 자, 한태준 생전 정보야."

무혁은 봉투를 열고 그 안에 든 세 묶음의 서류를 탁자 위에 늘어놓았다. 인적 사항 기록 카드 그리고 초등학교와 중학교 생활 기록부였다.

먼저 낱장으로 된 인적 사항을 눈으로 훑었다. 태준의 본명은 한지훈. 그의 기록은 16세에 멈춰 있었다. 짧은 기록 중 보육원에서 자랐다는 것 외에 특이 사항은 없었다.

다음으로 초등학교 생활 기록부를 집어 들었다. 지훈은 눈에 띄지 않는 학생이었는지 '조용하다' '차분하다' '묵묵하다'와 같은 단어가 자주 보였다. 다섯 쪽이 넘는 생활 기록부에서도 지훈이 어떤 사람이었는지 알 수 있는 단서는 많지 않았다.

무혁은 마지막으로 큰 기대 없이 중학교 생활 기록부를 집어 들었다. 쭉 읽어 나가다가 중학교 이름에 시선이 멈췄다.

'지중 중학교?'

낯익은 이름이었다. 무혁은 기억을 더듬어 상덕이 파견된 학교가 지중 고등학교라는 걸 떠올린 후 황급히 인적 사항 기록 카드를 다시 꼼꼼하게 살폈다. 한지훈이 자란 축복 보육원과 출신 초등학교의 주소지가 모두 호강 고등학교와 인접해 있었다. 서류에서 시선을 떼지 않은 채 무혁이 말했다.

"한태준이 생전에 살았던 동네랑 김호진이 나고 자란 동네가 겹치네요."

"과거에 둘 사이에 뭐가 있었던 걸까?"

의외라는 듯 드림헤더가 눈썹을 들썩였다.

"알아봐야죠."

무혁은 보던 서류를 내려놓고 소파 등받이에 몸을 기댄 채 팔짱을 끼고 생각에 잠겼다.

분명 태준은 호진이 필요하다고 했다. 지정 악몽자도 아닌데 왜 필요하지? 혹시 호진의 주변 인물이 지정 악몽자인가? 아니면 지원을 나온 건가? 그것도 아니라면…… 자신이 소연을 이용해서 호진을 구하려는 것처럼, 태준도 누군가를 무너뜨리기 위해 호진이 필요할 수도 있다.

무혁은 호진과 관련 있는 사람을 떠올려 봤다. 길소연과 진은수 말고는 딱히 생각나는 인물이 없었다. 만약 둘 중 하나가 드림체이서의 관심 대상이라면, 호진을 괴롭히는 낙으로 사는 진은수보다는 얼굴에 그늘이 내려앉은 길소연 쪽이 가능성이 높을 것이다. 하지만 호진은 길소연과 굉장히 오랜만에 만났다. 이제 막 파견된 태준이 둘이 중학생 때 알고 지냈다는 걸 알 리가 없다.

잠깐만. 무언가를 떠올린 무혁이 소파에서 등을 떼고 허리를 세웠다. 태준이 생전에 길소연을 알고 있었다면? 과거의 일을 기억하는 드림체이서라면 가능한 일이다.

무혁은 여전히 소파 뒤에 서 있는 어시스턴트를 향해 말했다.

"한지훈이 죽은 당시 상황을 알아봐 줘. 혹시 지중 중학교에서 무슨 사건이 있었던 건 아닌지. 그리고 한지훈과 김호진 사이에 연결 고리가 있는지도."

그러고는 서류를 탁자에 내려놓고 머리카락을 마구 털었다. 일이 생각보다 복잡할 거란 예감이 들었다. 호진의 문제를 가뿐하게 해결하고 얼른 결정대에 오르려고 했다. 그러나 호진이 꾸는 악몽의 실마리는 과거 속에 깊이 묻혀 있다. 무슨 일이 있었기에 후회의 늪이 덕지덕지 붙은 꿈을 꿀까. 게다가 드림체이서가 흥미를 보이는 아이라니……. 드림체이서……. 무혁은 불현듯 태준과의 대화가 떠올라 드림헤더에게 물었다.

"한태준은 과거의 기억을 마치 폭탄처럼 생각하던데, 왜 그럴까요?"

차를 마시려던 드림헤더가 움직임을 멈추고 눈만 들었다. 그리고 무엇이든 꿰뚫어 볼 수 있을 것 같은 짙은 눈동자로 무혁을 지그시 바라보다가 아주 느린 동작으로 차 한 모금을 마시고 나서야 대답했다.

"과거를 후회하지 않는 인간이 몇이나 되겠어."

"그렇겠죠."

무혁은 다시 팔짱을 끼고 고개를 가만히 끄덕였다. 그러다가 문득 궁금증이 생겨 질문했다.

"저의 과거는 어땠을까요?"

"무슨 신입 드림캐처나 할 질문을 하고 있어?"

드림헤더가 찻잔을 내려놓으면서 타박을 했다.

"아, 막 궁금하다는 게 아니라……."

"내가 어떻게 알겠어. 드림헤더라고 다 아는 건 아냐."

'다 알고 있던데.'

무혁이 아랫입술을 삐죽 내밀었다. 어시스턴트만 해도 자신에게 일어난 일들을 죄 알고 있었다.

"과거를 다 기억하는 게 행복하지만은 않겠죠?"

"망각은 신이 주신 선물이라는 말도 있으니까."

"신기할 정도로 아무것도 기억나지 않네요."

"인간들이 갓난아기 때를 기억 못 하는 거랑 다를 게 없지."

"아!"

무혁의 머릿속에 무언가가 번뜩 떠올랐다.

"갓난아기 하니까 갑자기 생각났어요. 요새 눈을 감고 있으면 자꾸 꿈 같은 것이 보여요. 자장가 소리가 들리고 뿌연 시야에 어떤 사람이 등장해요. 저는 손을 뻗어서 그 사람을 만지려고 하는데, 손을 보니까 제가 갓난아기인 거예요. 그래서……."

"무혁이가 인간 될 때가 다 됐나? 별일을 다 겪네."

무혁이 성마르게 떠들어 대자 드림헤더가 말을 뚝 잘랐다. 무혁은 손바닥을 내보이며 됐다는 표시를 했다.

"어휴, 저는 소멸할 거예요. 인간으로 다시 태어나는 건, 그닥."

그러고는 자리에서 일어섰다. 드림헤더가 따라 일어서면서 물었다.

"왜 그렇게 확고해?"

무혁이 잠시 고민하다가 대답했다.

"악몽자들이랑 동고동락해 보니까 인간으로 사는 건 썩 좋은 일이 아닌 거 같아요."

누군가가 어떤 일을 처리하는 데 전력으로 매달리는 이유는 보통 두 가지다. 그 일이 정말 좋거나, 혹은 징글징글하게 싫거나. 무혁은 후자에 속했다. 올해의 드림캐처로 뽑혀 희귀 아이템인 황금 너클을 받을 정도로 악몽 퇴치에 열심이었지만, 하기 싫은 일을 빨리 해치우자는 심산일 뿐이었다.

한때는 각자의 사정을 짊어진 채 고군분투하며 살아가는 악몽자들을 경탄해 마지않은 적도 있었다. 그러나 마지막 악몽자만 구하면 되는 지금, 무혁은 인간의 나약함에 넌덜머리가 났다. 아무리 악몽에서 지켜 내도 인간은 금세 또 다른 문제로 악몽을 꿨다. 이 정도면 고통을 찾아다니는 게 아닌가 싶을 정도였다. 그래서 빨리 임무를 완수하고 소멸하여 희로애락이 없는 존재가 되고 싶었다. 고만고만한 고민으로 괴로움을 호소하는 악몽자를 보는 것도 이젠 지긋지긋했다.

무혁이 진절머리가 난다는 듯 고개를 절레절레 저었다. 그걸 본 드림헤더가 기가 찬다는 듯이 웃고는 물었다.

"학교로 가?"

“아뇨, 오늘은 결석 처리해 달라고 했어요. 저도 하루쯤은 쉬어야죠.”

“그럼 회사 한번 둘러보고 가. 새로 출시된 아이템도 구경하고.”

무혁은 정중히 거절했다. 마지막 악몽자만 남았는데 새로운 무기에 흥미가 생길 리가 없다. 인사를 하고 방을 나서려는데 DCA 알람이 울렸다. 채린의 메시지였다.

[김호진 상태 영 구린데.]

무혁이 한숨을 픽 내쉬었다.

“학교에 가 봐야겠어요.”

무혁이 드림캐처스에 가기 네 시간 전, 호진은 여느 때와 같이 등교하고 있었다. 다만 머릿속은 평소와 달리 즐거운 상상으로 분주했다. 운동을 같이하겠다고 아직 무혁에게 말하지 않았지만, 마음만은 벌써 세계 최고의 파이터가 되어 있었다.

“쉭! 쉭! 펀치!”

어제 복싱 영상에서 본 원투 펀치를 따라 해 보았다. 가상의 적을 하나둘 때려눕히며 영화 속 영웅이 된 것 같은 기분에 취해 있을 때, 누군가가 호진을 불렀다.

"여어~, 김호진 아니야?"

골목길에서 은수가 친구와 함께 걸어 나왔다.

"요새 운동하나 봐? 쉭쉭, 펀치, 펀치!"

은수가 친구를 보며 호진의 행동을 따라 했다. 호진은 창피함과 당혹감으로 등줄기에 땀이 흘렀다.

"같이 가자."

왼편으로 다가온 은수가 호진의 어깨에 팔을 걸쳤다. 은수의 친구는 오른편에 섰다. 사이에 낀 호진의 몸이 움츠러들었다.

"요즘 나 패려고 운동하고 있어?"

그렇게 말한 은수가 호진의 볼을 손가락으로 콕콕 찔렀다.

"아, 아니."

"뭘 아니야. 나 때려 주고 싶어서 안달 난 거 같은데. 슉슉, 퍽퍽."

어깨동무를 푼 은수는 상체를 좌우로 움직이면서 복싱 하는 시늉을 하더니 퍽퍽 소리에 맞춰 호진의 어깨를 주먹으로 쳤다.

"아냐. 운동 같은 거 안 해."

"운동 가튼 고 안 해에."

말을 따라 하면서 은수가 빈정댔다.

'이럴 때 무혁이가 있었다면……'

호진은 등교할 때마다 마주치던 무혁이 나타나 자신을 구해 주길 바랐다. 이 상황에서 벗어날 수 있다면 사이비 종교에 따라가도 좋았다. 영 속을 알 수 없는, 친구라고 하기도 애매한 아이에게 도움을 바랄 수밖에 없는 처지였다.

"정무혁한테 또 이르려고?"

호진의 생각을 읽기나 한 듯 은수가 대뜸 물었다. 호진은 고개를 저으며 강하게 부정했다.

"아니야!"

"애니야!"

또다시 은수가 호진의 말을 따라 하자 옆의 친구가 배를 잡고 웃었다. 은수가 장난기 머금은 표정을 지우고 협박조로 말했다.

"야, 김호진, 정무혁 꽁무니 쫓아다닌다고 뭐라도 된 거처럼 굴면 뒤진다."

'내가 언제 그랬어!'

호진은 따지고 싶었지만 아무 말도 못 하고 고개만 끄덕였다. 일그러진 표정을 숨기고 아랫입술을 있는 힘껏 깨물면서 주문을 걸듯 졸업만 하자고 속으로 되뇌었다. 졸업만 하면 이 지옥 같은 순간도 끝날 것이다. 그러나 은수는 그런 생각마저 비웃듯이 말을 덧붙였다.

"난 졸업해도 계속 너 쫓아다닐 거야. 내 장난감은 아무도 못 건드려."

은수가 방향을 틀어 골목 사이로 들어가 익숙한 발걸음으로 어느 빌라의 주차장으로 가더니 담배를 꺼내 물었다. 그러고는 뒤

따라온 호진에게 망을 보게 하고 담배에 불을 붙였다. 호진은 빌라에서 어른들이 나올 때마다 도와 달라는 눈빛을 보냈지만, 그들은 휴대폰에 얼굴을 박고 어디론가 유유히 걸어갔다. 호진은 기도했다. 지진이 나서 모두 땅속으로 꺼져 버리라고. 그러나 애석하게도 세상은 순리대로 움직였다.

골목에서 나오니 학교 정문이 보였다. 문 앞에서 한 선생이 매를 들고 서서 등교하는 아이들을 지도하고 있었다. 호진은 달려가서 살려 달라고 외치고 싶은 충동에 휩싸였다. 하지만 그랬다가는 은수와 함께 있는 교실이 생지옥이 될 터였다.

"야, 잠깐만."

앞서가던 은수가 걸음을 멈췄다.

"오늘 학주 새끼네."

"아, 씨, 또 지랄하겠네."

은수의 친구가 바닥에 침을 찍 뱉으면서 짜증을 냈다.

"저 새끼, 맨날 담배 있나 뒤져 보지 않냐?"

"맞네. 아, 씨."

은수가 뒤돌아 호진의 얼굴을 보더니 음흉한 미소를 지었다.

"야, 김호진, 이거 네 주머니에 넣어. 야, 네 것도 얘한테 넘겨."

은수와 그의 친구가 담뱃갑 하나씩을 호진에게 내밀었다. 호진은 가방을 앞으로 돌려 메고는 지퍼를 열었다. 그러자 갑자기 은수가 호진의 어깨에 손을 올렸다.

"아니, 주머니에 넣으라고."

그러고는 교복 바지 주머니를 손으로 툭툭 쳤다. 호진이 마지못해 담뱃갑을 양쪽 주머니에 하나씩 넣자 주머니가 네모난 모양으로 불룩 튀어나왔다.

"야, 가자."

재밌는 일을 앞둔 사람처럼 은수가 빵긋 웃었다.

호진은 심장이 벌렁거렸다. 아까는 선생님이 자신을 구해 줬으면 했는데, 이제는 모른 척 지나가 줬으면 싶었다.

기대는 금세 어긋났다. 선생이 은수를 멈춰 세운 것이다. 뒤따라오던 호진도 함께 멈춰 섰다. 선생은 들고 있던 매로 은수를 가리키며 말했다.

"담배 냄새가 진동하네. 진은수, 담배 피우고 왔냐?"

"아, 쌤, 저 아니에요. 왜 맨날 저한테만 그래요?"

"그럼 여기서 누가 피우겠냐? 엉?"

선생이 매를 은수 앞에 대고 휘휘 젓자 은수는 눈짓으로 호진을 가리켰다.

"호진이도 피울지 누가 알아요? 사람 겉만 보고 판단하는 거 아녜요."

"쇼를 해라, 쇼를."

선생이 매를 치켜올려 때리는 시늉을 했다.

"그럼 호진이 주머니 뒤져 보면 되잖아요. 저한테는 맨날 그러면서."

은수가 친구와 눈빛을 주고받으면서 키득댔다. 선생은 호진의 주머니를 힐끔 보고는 말했다.

"헛소리하지 말고 들어가, 인마!"

호진은 입술을 바르르 떨면서 안도의 한숨을 내쉬었다.

교실에 도착하자마자 은수는 아무 일도 없었다는 듯 책상에 엎어졌다. 호진은 주머니가 최대한 안 보이게끔 손으로 가리고 자리에 가서 앉았다.

종소리에 맞춰 교실에 들어온 담임이 조회를 시작했다.

"반장, 오늘 무혁이는 결석이니까 학습지 있으면 잘 모아 놨다가 줘."

그 말에 은수가 몸을 벌떡 일으켰다.

"쌤, 정무혁 왜 안 와요?"

"아프다는데?"

은수는 곧바로 주먹을 쥐고 팔을 흔들면서 기쁨을 표했다. 반면 호진은 심장이 덜컥 내려앉았다. 무혁이 없으니 그가 자신에게 얼마나 든든한 존재였는지 그제야 실감이 됐다.

담임이 교실을 나가자마자 은수가 소리쳤다.

"야, 김호구!"

호진은 자기를 부르는 걸 알았지만 못 들은 척했다.

"저 새끼 들었으면서 씹네. 야, 김호구!"

아까보다 더 큰 소리가 났다. 웅성거리던 교실이 조용해졌다. 그래도 호진은 돌아보지 않았다.

"야!"

은수의 짜증 난 목소리와 함께 책 한 권이 날아왔다. 책은 호진의 옆을 스쳐 칠판 앞에 떨어졌다. 곧 은수가 다가와 뒤통수를 강하게 내리쳤다.

"불렀잖아, 새끼야. 이 새끼 웃긴 새끼네."

"못 들었어. 미안해."

호진이 얼얼한 뒤통수를 쓰다듬었다.

"내놔."

무슨 말인가 싶어 호진은 가만히 은수의 얼굴을 쳐다봤다. 그러자 은수가 호진의 귀에 대고 조용히 읊렀다.

"뭘 꼬나봐. 담배 내놓으라고."

호진이 양쪽 주머니에서 담배 한 갑씩을 꺼내 건네자 은수는 한쪽 입꼬리를 올리며 호진의 뺨을 툭툭 쳤다.

"이따 점심때도 같이 놀자잉?"

은수가 사라지자마자 호진은 책상에 엎드렸다. 학교에 폭탄이 떨어져서 다 죽어 버렸으면 좋겠다고 생각했다.

점심시간에도 은수는 어김없이 호진을 찾아와 분리수거장으로 끌고 갔다.

"야, 저기 가서 망봐. 점심에는 쌤들 순찰 도니까."

호진은 은수가 가리킨 곳으로 터벅터벅 걸어갔다.

분리수거장은 일부러 살피러 오는 게 아닌 이상 일탈을 들킬 염려가 없는 완전한 사각지대다. 그런데 저 멀리서 누군가가 걸어오는 게 보였다. 은수에게 손짓하려다가 교복 차림인 것을 보고 동작을 멈춘 호진이 두 눈에 힘을 주어 다가오는 형체를 지켜봤다. 희미하던 형체가 점점 가까이 오더니 호진 앞에 섰다.

"호진아, 여기서 뭐 해?"

태준이 친근하게 말을 걸었다. 호진은 잔뜩 경계했다. 선생님은 아니었지만, 누구라도 안에 들이면 은수가 한 소리 할 게 분명했다. 그래서 머리를 쥐어짜 핑계를 댔다.

"밥 먹고 산책 중이었어."

태준은 마치 생각을 헤아리듯 호진을 지그시 바라보더니 옅은 미소를 지었다.

"나도 산책 중이었는데, 같이 걸을래?"

호진이 당황해서 손사래를 쳤다.

"아, 아니야. 친구 기다리고 있어서. 먼저 가."

"그렇구나. 난 학교를 좀 둘러보고 있었어. 아직 지리를 잘 몰라서. 이 안쪽엔 뭐가 있나?"

태준이 호진을 지나쳐 분리수거장 쪽으로 들어가려 했다. 놀란 호진이 두 팔을 벌려 그런 태준을 막았다.

"여긴 학생들이 다니면 안 되는 곳이야!"

"너도 여기서 나온 거 아냐?"

순진무구한 태준의 물음에 호진은 머리를 굴려 보았으나 마땅한 대답이 떠오르지 않았다. 그러자 태준이 괜찮다는 듯 호진의 어깨를 톡톡 쳤다.

"잠깐만 둘러보고 나올게."

호진이 허둥지둥하며 다시 태준을 말렸다.

"아, 안 돼!"

"왜?"

너까지 위험해져. 그렇게 말하고 싶었지만 호진은 그 말을 입 밖으로 꺼내지 못했다. 그저 자신의 마음을 알아줬으면 하고 간절한 눈빛으로 태준을 바라봤다.

"난 괜찮아. 모르는 척하고 선생님만 좀 모셔 와 줄래?"

태준이 상냥한 미소로 호진을 안심시켰다. 호진은 전학생을 구하겠다는 일념으로 본관으로 달려갔다.

부리나케 달리는 호진의 뒷모습을 확인한 태준은 성큼성큼 안쪽으로 걸어 들어갔다. 자욱한 담배 연기 틈으로 쪼그려 앉은 학생 세 명이 보였다. 태준이 굳은 표정과는 어울리지 않는 해맑은 목소리로 말했다.

"우아, 여기는 학생들이 담배 피우는 곳인가 보다."

"뭐, 뭐야?"

은수가 깜짝 놀라 피우던 담배를 바닥에 던지고 발로 비벼 껐다. 그러고는 손을 휘휘 저어 자욱한 연기를 없애려다가 태준의 얼굴을 확인하고 짜증 가득한 표정을 지으며 경고했다.

"야, 전학생, 알짱대지 말고 꺼져."

"알짱대다니. 말이 좀 심하잖아."

태준은 서운하다는 듯 입꼬리를 내렸다.

"요새 전학생들이 왜 자꾸 나를 빡치게 하지?"

어이없단 듯 고개를 좌우로 꺾으며 자리에서 일어선 은수가 건들거리는 걸음으로 태준에게 다가가 캭 하고 가래침을 뱉었다. 끈적한 침이 태준의 신발에 묻었다.

"침을 뱉으면 어떡해? 신발이 더러워졌잖아."

태준이 인상을 팍 썼다. 그러자 은수는 친구들과 눈빛을 주고받더니 한바탕 크게 웃었다.

"엄마한테 빨아 달라 그래."

은수가 빈정거렸지만 태준은 묵묵하게 고갯짓으로 신발을 가리키기만 했다.

"닦아."

"뭐?"

"닦으라고."

"네가 닦아, 새끼야!"

인내심이 바닥난 은수가 태준에게 주먹을 날렸다.

"컥!"

태준은 손을 뻗어 은수의 목을 졸랐다. 그리고 힘을 주어 은수를 천천히 들어 올렸다. 졸지에 공중에 매달린 은수는 일그러진 얼굴로 발버둥을 쳤다.

"영어로 말한 것도 아닌데 못 알아듣네."

무표정하게 말한 태준이 은수를 바닥에 집어던졌다. 짓이겨진 담배꽁초 옆으로 떨어진 은수가 목을 부여잡고 컥컥댔다. 태준은 은수에게 다가가 그의 팔에 더러워진 자신의 신발을 문댔다.

"네가 싼 똥은 네가 치워."

태준의 말에 싸울 준비를 하던 은수의 친구들이 부랴부랴 발로 바닥을 쓸면서 정리를 하기 시작했다.

"왜 다 나한테 지랄인 건데!"

은수가 무릎을 꿇은 채 주먹으로 땅을 내려쳤다. 태준은 그런 은수 앞에 쪼그리고 앉아 은수의 뒷덜미를 잡아서 끌어당기고는 귀에 대고 말했다.

"전교생 앞에서 쪽팔리고 싶지 않으면 내 말 잘 들어."

그러고는 은수의 주머니를 뒤져 휴대폰을 꺼내 들었다. 그 휴대폰에 자기 전화번호를 입력한 뒤 은수에게 다시 집어던진 다음, 태준은 뒤돌아 유유히 사라졌다.

호진이 선생님을 모셔 왔을 땐 이미 상황이 모두 정리된 후였다. 은수만 혼자 바닥에 꿇어앉아 분한 듯 씩씩대고 있었다.

무혁은 점심시간이 지나서야 학교 정문을 통과했다. 운동장이 체육 수업을 하는 아이들로 북적이고 있어서, 최대한 눈에 띄지 않게 운동장을 빙 둘러 교실로 올라갔다.

교실 쪽으로 다가가자 수업하는 선생의 목소리가 복도까지 새어 나왔다. 창문으로 교실 안을 살펴보니 수학 시간인지 칠판에는 수학 공식이 잔뜩 쓰여 있고, 아이들의 절반은 책상에 엎어져 있었다. 자신의 자리 옆자리에는 태준이 팔짱을 낀 채 창밖을 보고 있다. 이어서 호진을 찾아보니 호진은 수업에 집중하지 못하고 멍하니 앉아 있었다.

'무슨 일이 있긴 있었구나.'

무혁이 조심스럽게 뒷문을 열자 놀란 수학 선생이 시계와 출석부를 두 번씩 번갈아 보고는 말했다.

"왜 왔어? 오늘 결석이라고 체크되어 있던데."

"오전에 몸이 좀 안 좋았는데 지금은 다 나아서요."

"그냥 쉬어도 되는데. 자, 자, 다시 여기 봅시다."

선생이 아이들의 시선을 칠판으로 거두어 갔다. 무혁은 최대한 소리가 나지 않게 의자를 든 다음 조용히 자리에 앉았다. 앉자마자 태준이 말을 걸었다.

"안 와도 되는데."

"네가 있는데 와야지."

"걱정이 그렇게 많아서 어떻게 살아?"

“네가 없으면 잘 살지.”

둘이 속닥이며 실랑이를 하자 선생이 핀잔을 줬다.

“무혁아, 책 펴라.”

무혁이 태준을 한 번 째려보고는 서랍에서 수학책을 꺼내 아무 쪽이나 폈다.

얼마 되지 않아 쉬는 시간 종이 울렸다. 무혁은 고개를 빼꼼히 들어 호진의 안색을 살폈다. 호진은 귀에 이어폰을 꽂더니 그대로 책상에 엎드렸다. 그걸 본 무혁이 태준에게 짜증을 냈다.

“네가 호진이 건드렸냐?”

“왜 나한테 그래?”

“너 말고 호진이 건드릴 놈이 어딨어?”

“난 바빴다고.”

태준이 두 눈을 크게 뜨고 억울하다는 표정을 지으며 은수를 힐끔거렸다.

“또 모르지. 건드리는 애가 있을지.”

그 말을 들은 무혁이 고개를 홱 돌려 은수를 노려봤다. 그러나 은수도 책상에 엎드려 일어날 기미가 없어 보였다.

‘대체 무슨 일이 있었던 거야?’

무혁은 검지로 잔뜩 찌푸린 미간을 콕콕 찌르면서 계속 머리를 굴리다 결국 쉬는 시간이 끝나기 전에 채린을 찾아갔다.

“웬일이야? 우리 반에 다 오고?”

채린이 진심으로 놀랍다는 표정을 지었다.

"호진이한테 무슨 일이 있었던 거야?"

"내가 그걸 어떻게 알아?"

"그럼 나한테 메시지 보낸 건 뭔데?"

"체육 수업 때문에 운동장 나가다가 봤어. 딱 봐도 똥 씹은 표정이길래 너한테 연락한 거지."

마른 입술을 혀로 훑은 무혁이 탄식했다.

"아, 김호진, 이 자식은 어떻게 하루도 조용히 못 있냐."

"네가 너무 많이 신경 쓰는 건 아니고?"

채린이 가소롭다는 듯 픽 웃었다.

"쯧. 그것도 그렇긴 하지만."

무혁이 창문 너머로 10반 교실을 둘러보고는 채린에게 물었다.

"소연이는 잘 있어? 안에 없네."

무혁을 따라 교실을 둘러본 채린이 의아해했다.

"부반장이랑 나가던데. 요새 걔가 소연이한테 껌딱지처럼 붙어 있어. 다가가지도 못할 정도라니까."

"부반장?"

"박지율이라고 있어. 너 안다고 하던데?"

분식집에서 지율과 인사를 나눈 일은 무혁의 머릿속에서 이미 사라지고 없었다. 누가 됐든 소연에게 친구가 생겼다니 다행이었다. 하지만 무혁의 지정 악몽자는 소연이 아니라 호진이다. 소연을 호진과 연결해야 한다. 무혁은 온통 그 생각뿐이었다.

그 시각, 소연은 지율과 함께 교무실에 있었다.

쉬는 시간이 되자 지율이 다가오더니 교무실에 같이 가 달라고 했다. 지율과 아무 친분이 없는 소연은 주변을 둘러보고는 놀라서 "나?" 하고 되물었다.

"응. 교무실까지 가는 거 멀어. 같이 가 주라."

지율이 애교 섞인 눈짓을 하더니 소연에게 팔짱을 꼈다. 소연이 황급히 눈동자를 굴려 우미와 혜진을 찾았다. 둘은 다른 친구들과 깔깔대며 놀고 있었다. 소연은 조그맣게 "그래" 하고는 지율을 따라나섰다.

교무실로 가는 내내 지율은 시시콜콜한 농담을 던지며 쉴 새 없이 재잘거렸다. 소연의 눈에는 무엇이 그리 재미나는지 연거푸 깔깔대며 웃는 지율의 모습이 반짝반짝 빛나 보였다.

소연도 지율처럼 남의 눈치 보지 않고 거리낌 없이 행동하던 때가 있었다. 불과 이 년 전만 해도 그랬다. 웃고 싶을 때 웃고, 말하고 싶을 때 말했다.

하지만 충격적인 사건을 연달아 겪고 난 뒤부터는 작은 언행도 스스로 단속하고, 세상사를 함부로 낙관하지 않게 됐다. 그 사건들만 없었다면 자신이 뿜던 빛도 사그라지지 않았을 텐데.

담임 자리에 가정 통신문 뭉치를 올려놓은 지율이 탁탁 소리

나게 손을 털면서 "같이 와 줘서 고마워" 하고 환하게 웃었다. 소연은 아니라며 손사래를 쳤다. 예전이라면 같이 웃으며 매점에서 맛있는 거 사라고 으스댔을 텐데, 이제는 가벼운 인사치레조차 허겁지겁 부인하고 있었다.

교무실에서 나가면서 지율이 마치 비밀을 털어놓는 것처럼 목소리를 조금 낮추고 말했다.

"담임 쌤이 말이야…… 내가 부반장이니까 반 애들이 다 같이 친하게 지내도록 힘써 달라고 하더라. 근데 어떻게 그래? 알아서 맞는 애들끼리 친해지는 거지. 그래도 소연이 너랑은 친해지고 싶더라."

"나? 왜……?"

소연의 얼굴이 붉어졌다. 지율은 의아하다는 얼굴로 소연을 바라봤다.

"왜는? 착하잖아. 우리 반에 짓궂은 애들이 몇 명 있는데, 개넨 나랑 안 맞거든."

그러면서 다시 소연의 팔짱을 꼈다. 소연은 적극적으로 팔짱을 끼지는 않았지만, 지율의 손길을 거부하지도 않았다. 연신 재잘대며 걷던 지율이 교실 앞에서 팔짱을 풀고는 양손으로 소연의 손을 잡고 말했다.

"나 부탁이 있는데, 들어줄 수 있어?"

어긋나는 마음

[호진아, 우리 반 지율이라고 알아?]

소연의 메시지를 받은 호진은 환호성부터 질렀다. 그러고는 정신을 차리고 휴대폰 화면에 뜬 짧은 문장을 다시 읽었다. 아무리 생각해도 지율이란 이름은 생소했다. 같은 반 애들 이름도 잘 모르는데 10반 아이까지 알 리가 없다. 그래서 모른다고 답장하려다가 멈칫했다. 그러면 이대로 대화가 끝나 버릴 것 같았다. 어떻게 해서든 소연과 대화를 이어 나가고 싶어 고민 끝에 답장을 써 내려갔다.

[잘 기억이 나질 않는데……. 나랑 같이 호강중에 다녔나?]

끝에 하하……라고 썼다가 아무래도 이상한 것 같아 결국 지우고 보냈다.

보내자마자 답장이 왔다.

[그건 아니고, 우리 반 부반장이야.]

부반장이라는 단어를 보자 머릿속에 한 장면이 떠올랐다.

'아, 무혁이랑 떡볶이 먹을 때 왔던 애! 태준이랑 같은 동아리라고 한 그 애!'

대화를 이어 나갈 실마리를 찾은 호진은 신이 나서 메시지를 보냈다.

[잘은 모르는데, 우리 반에 전학 온 태준이랑 친하대.]

그런데 답장이 없었다. 말을 잘못한 게 있나 싶어 보낸 메시지를 몇 번이나 다시 읽어 봤다. 지율을 모른다고 해서 그런가? 괜히 태준 이야기를 꺼내서 그런가? 온갖 상상으로 속이 시커멓게 타들어 갈 때쯤, 답장이 왔다.

[지율이가 너랑 친해지고 싶대.]

호진의 머리가 띵해졌다. 어떻게든 답을 하려고 몇 글자 쓰다가 포기하고 휴대폰을 내려놓았다.

'나랑? 왜?'

머릿속에서 물음표가 떠나지 않았다. 호진은 스스로가 납득할 수 있을 만한 이유를 생각해 보았다. 계속해서 답을 찾다가 떠오른 건 이상하게도 무혁이었다.

'무혁이는 소연이랑 친해지고 싶어서 나한테 부탁했지. 그럼 지율이란 애도 무혁이랑 친해지고 싶어서 소연이한테 나랑 친하게 지내고 싶다고 한 거겠지? 그래서 분식집에도 왔던 거야.'

호진은 낙담했다. 자신은 견우와 직녀에게 머리를 밟혀 가며 다리를 놓아 주는 까마귀에 불과했다. 소연과는 제대로 말도 못 나누어 봤는데, 남들 좋은 일만 하는 제 꼴이 한심했다.

신세 한탄에 빠져 있던 호진은 순간 깜짝 놀라 휴대폰을 집어 들었다. 오 분이 지나도록 소연에게 답장을 하지 않은 것이다. 결국 에라 모르겠다, 하는 심정으로 서둘러 메시지를 적었다.

[그래? 다음에 같이 볼래? 소연이 너도.]

[그래! 고마워. 내일 지율이랑 너희 반으로 갈게!]

바로 답장이 왔다. 호진은 헤벌쭉 웃었다. 이렇게라도 소연과 대화할 수 있어 기분이 좋았다. 사실 지율의 부탁을 들어줄 만큼 무혁과 자신은 친하지 않다. 하지만 걱정되지 않았다. 내일 소연을 본다면 어떤 대화를 나눌지, 그게 더 고민이었다. 마음이 둥실 떠올랐다. 행복한 상상을 하느라 밤이 너무나 달콤했다. 잠이 올 리가 없었다.

"이 자식, 뭐 하고 있는 거야?"

DCA로 호진의 꿈 신호를 뚫어져라 보던 무혁이 답답함에 소리쳤다. 학교에서 내내 표정이 좋지 않던 호진이 걱정되어 채린과 함께 호진의 집 앞 놀이터로 출동했건만, 새벽 한 시가 다 되어 가는데도 호진의 방엔 불이 꺼지지 않았다.

"오늘 무슨 일이 있긴 있었나 본데?"

채린의 말에 무혁의 표정이 심각해졌다. 소연과 연락한 호진이 설레어서 못 자고 있다는 생각은 당연히 하지 못했다.

"꼬인다, 꼬여."

무혁은 손으로 이마를 짚었다.

결국 호진은 새벽 세 시가 다 되어서야 잠들었다. 꿈 신호는 여전히 파란색이었지만, 이전보다 밝아졌다.

해가 뜨고 학교에 간 무혁은 수업 시간 내내 호진을 관찰했다. 호진은 손으로 턱을 괸 채 칠판을 바라보고 있었지만 수업에 집중하는 것 같진 않았다. 미친 것처럼 한 번씩 히죽거리는 호진을 본 무혁은 어리둥절해졌다. 꿈이 아니라 머릿속에 들어가 저 자식이 대체 무슨 생각을 하고 있는지 읽고 싶을 정도였다.

"눈에서 레이저 나가겠다."

심각한 표정을 짓고 있는 무혁을 본 태준이 비웃었다.

"신경 꺼."

무혁이 고개도 돌리지 않고 차갑게 말했다.

"김호진이 좀 괴로워야 네가 할 일이 있을 텐데. 그치?"

"내가 너야?"

"너나 나나 인간의 고통을 먹고 사는걸."

무혁은 태준을 흘겨보며 코웃음을 쳤다. 가당치도 않다. 인간이 괴로워하는 순간을 틈타 액세서리 대 보듯 악귀를 골라 꿈에 심는 드림체이서를 드림캐처와 비교하다니.

물론 드림체이서들은 인간이 저지른 과오를 실체화해서 거울처럼 비출 뿐이라고 억울한 듯 말한다. 하지만 그건 변명에 불과하다. 저들은 징벌하는 척하며 인간이 고통스러워하는 모습을 즐기는 것뿐이다. 억지로 괴롭히지 않아도 인간은 언제나 고통 속에 산다. 현실의 불행을 꿈에까지 끌고 와 괴로워하기도 한다. 그렇게 나약한 존재인데 굳이 더 괴롭힐 필요는 없지 않은가.

그래서 무혁은, 이유는 기억나지 않지만 드림캐처가 되길 잘했다고 생각했다. 밝아진 악몽자의 얼굴을 보면 보람도 느껴졌다. 그 맛에 악몽 퇴치에 열을 올렸다. 아무리 구해 줘도 금세 또 악몽에 시달리는 인간들에게 좀 지치긴 했지만.

승부욕에 불탄 무혁은 담임이 종례를 마치자마자 호진에게 달려갔다.

"오늘 같이 운동하자!"

그러자 서둘러 짐을 싸던 호진이 미안한 얼굴을 했다.

"어쩌지? 오늘은 약속이 있는데."

"무슨 약속인데?"

"친구들 만나기로 했어."

"네가 친구가 어딨어?"

무혁이 다그치며 호진의 양어깨를 잡았다. 친구를 만나기는커녕 진은수 무리에게 불려 가는 건 아닌지 걱정이 됐다.

"……나도 친구 있어."

호진이 굳은 얼굴로 무혁의 팔을 내리더니 가방을 메고 교실을 나가 버렸다.

밖으로 나온 무혁은 멀찍이 떨어져 호진의 뒤를 밟았다. 초행길인 듯 호진은 가다가 잠시 멈춰 서서 휴대폰을 보고 다시 걷기를 몇 번 반복했다. 그러다 어느 가게 앞에서 발걸음을 멈추더니 마지막으로 휴대폰을 한 번 보고는 제대로 찾은 모양인지 문을 열고 가게 안으로 들어갔다.

무혁이 고개만 빼꼼 내밀어 가게 안을 살폈다. 아기자기하게 꾸며 놓은 카페였다. 유리창 너머로 호진이 보였다. 호진의 맞은편에는 호강 고등학교 교복을 입은 여학생 두 명이 앉아 있었는데, 창문을 등지고 있어 얼굴이 보이지 않았다. 일단 친구를 만난다는 말이 거짓은 아닌 듯했다.

호진이 누구랑 친구가 된 건지 궁금했지만 카페는 우연을 가장해서 들어가기엔 외진 곳에 있었고, 몰래 들어가기엔 비좁았다. 무혁은 발길을 돌려야 하나 고민하다가 DCA를 꺼내 들었다.

"호진아, 뭐 마실래?"

소연이 자리에서 일어났다. 호진은 소연을 다시 자리에 앉히고 계산대로 갔다. 소연의 친구 앞에서 계산하는 멋진 모습을 보여 주고 싶었다.

하지만 아메리카노니 라테니 하는 낯선 단어들보다 호진의 시선을 먼저 사로잡은 건 악 소리 나는 가격이었다. 음료 가격이 저녁 한 끼 값을 웃돌았다. 호기롭게 들고 온 지갑이 기름종이처럼 얇게 느껴졌다.

"주문하시겠어요?"

호진은 점원이 자신의 동요를 눈치채지 못하기를 바라며 조심스럽게 물었다.

"여기는 뭐가 맛있어요?"

점원은 뒤에 커다랗게 달아 놓은 메뉴판을 가리키며 이것저것 골라 주었다. 주스 말고는 뭐가 뭔지 알아듣기도 힘들었다. 그때 지율이 옆으로 다가왔다.

"아이스아메리카노 두 잔이랑 초코칩 프라푸치노 한 잔, 티라미수 하나 주세요."

막힘없이 주문한 지율은 카드를 내밀었다. 점원이 눈치껏 카드를 받아 계산했다.

"자리 마련해 달라고 한 건 나니까 내가 살게."

지율이 눈웃음을 지었다. 호진은 안도감과 수치심을 동시에 느끼며 고맙다고 말했다.

주문한 음료와 디저트가 나온 후, 지율이 먼저 말을 꺼냈다.

"지난번에 한 번 봤지? 나는 10반 부반장 박지율이야."

"응. 난 1반 김호진이야."

"호진아, 너랑 친해지고 싶어서 자리 만들어 달라고 소연이한테 부탁했어."

그러면서 옆에 앉은 소연을 보고 빙긋 웃었다. 소연도 따라 웃었다. 호진은 소연과 지율을 번갈아 쳐다봤다. 믿기지 않았다. 자신과 친해지고 싶다는 지율의 말이 진짜였다니. 어안이 벙벙하면서도 조금 들떴다. 어쩌면 다시 친구라는 걸 만들 수 있을지도 모른다는 기대감이 차올랐다.

"소연이랑은 어떻게 친해진 거야? 둘이 중학교 다르잖아?"

지율이 해맑은 목소리로 물었다. 친하다고 하면 혹시라도 해가 될까 봐 호진이 선을 그으려는 순간, 소연이 나서서 질문에 대답했다.

"응. 난 지중, 호진이는 호강. 근데 같은 학원 다녀서 친해졌어. 용중 학원이 공부 잘하는 애들이 다니기로 유명하거든. 호진이가 공부를 잘해서 도움 많이 받았지."

소연의 말을 들은 지율이 눈을 번쩍였다.

"지금은 안 다녀?"

"응. 중학교 3학년 되기 전에 그만뒀어."

"왜? 둘이 계속 같이 다녔으면 보기 좋았을 텐데."

지율이 소연과 호진을 번갈아 보면서 묘한 미소를 지었다.

"학원 다니는 게 힘들더라고."

그 말에 놀란 호진이 소연의 안색을 살폈다. 다행히 소연은 덤덤해 보였다.

소연이 학원을 그만두고 얼마 안 있어 호진도 그만뒀다. 그렇게 자연스럽게 멀어지면서 그 이유를 듣지 못했다. 하지만 호진은 애써 묻지 않았다. 왜 그만뒀는지 대충 알 것 같았기 때문이었다. 그때 겪은 일은 호진의 마음도 괴롭게 만들었다. 그때도, 그리고 지금까지도.

"그렇구나. 그래도 덕분에 같이 맛있는 것도 먹고 좋다."

말을 마친 지율이 앞에 놓인 티라미수를 포크로 떠먹었다.

그때 문이 열리면서 무혁과 채린이 카페 안으로 들어왔다.

"어? 호. 진. 아."

무혁이 손을 높게 들어 호진에게 인사했다. 누가 봐도 어색하게 대사를 뱉은 무혁의 옆구리를 채린이 팔꿈치로 툭 치고는 낭랑한 목소리로 말했다.

"어머, 소연이도 와 있네. 여기가 유명한 카페라더니 진짠가 봐."

"어떻게 둘이 같이 와?"

호진이 싸늘하게 물었다. 이제 막 분위기가 무르익어 가고 있는데 그걸 무혁이 깨뜨려 버렸다. 오늘따라 자꾸 심기를 건드리는 무혁이었다.

"원래 전학생끼리는 통하잖아."

그 말과 함께 채린이 무혁의 팔짱을 꼈다. 무혁은 벌레가 붙은 것처럼 팔을 털어 팔짱을 풀더니 소연을 보고 반색했다.

"소연이도 같이 있었구나? 다행이다."

무혁과 눈이 마주치자 소연은 긴장한 듯 몸을 움츠렸다. 옆에 있던 지율이 고개를 홱 꺾어 무혁을 올려다봤다.

"나는 안 보이니?"

"네가 누군데?"

무혁이 궁금하다는 얼굴로 되물었다.

"분식집에서 인사했잖아. 기억 안 나?"

"그랬나."

무혁이 영 모르겠다는 듯한 표정을 짓자 지율은 자신을 무혁의 머릿속에 각인시키려는 듯 또박또박 말했다.

"나 한태준 친구 박지율이야. 기억해 둬."

그러나 무혁은 이미 채린과 계산대로 걸어가 음료를 주문하고 있었다.

"야!"

참다못한 지율이 버럭 소리를 질렀다. 그 바람에 애꿎은 호진과 소연만 깜짝 놀라서 어깨를 들썩였다. 정작 무혁과 채린은 무슨 일 있느냐는 듯 멀뚱멀뚱 쳐다만 봤다.

"너네 음료 여기서 마실 거야?"

"그럼?"

채린이 고개를 갸웃했다.

"오늘 소연이랑 호진이랑 자리 마련하려고 모인 거란 말이야. 근데 꼭 방해해야겠어?"

네가 결정을 내리라는 듯 채린이 무혁을 바라봤다. 무혁은 마주 앉은 호진과 소연을 번갈아 보더니 흐뭇하게 웃었다. 그러고는 갑자기 큰 목소리로 말했다.

"우린 가면서 마시자!"

무혁과 채린이 나가고, 셋은 한 시간 정도 더 떠들다가 자리를 파했다. 지율은 다른 볼일이 있다며 호진과 소연이 갈 길의 반대 방향으로 사라졌다.

호진은 바짝바짝 타들어 가는 입 안을 음료로 적셨다. 무슨 말이라도 해야 하는데 소리가 목울대를 넘기지 못해 입술만 움찔거렸다. 바로 옆에서 소연이 걷고 있었다. 잔뜩 긴장한 호진은 숨도 함부로 못 쉬고 소연의 옆얼굴만 곁눈으로 힐끔힐끔 봤다.

"학원 끝나고 자주 집에 같이 갔었는데."

소연이 말했다. 호진이 재빨리 시선을 정면으로 돌리고는 허둥대며 말을 얼버무렸다.

"응, 그치……."

"이렇게 걸으니까 옛날 생각나네."

소연의 얼굴에 옅은 미소가 떠올랐다. 그러다가 불현듯 무언가가 생각났는지 걸음을 멈췄다.

"아까 그 남자애……."

"무혁이?"

"응. 친해진 거야……?"

"아직 잘 모르겠어."

"친해져서 셋이 걸으면 되게 웃기겠다."

말과 다르게 소연의 표정은 처연했다.

소연을 집 앞까지 바래다준 호진은 걸어온 길을 되돌아갔다. 삼 년 전에는 셋이 걷던 길이었다. 시간이 꽤 흘렀는데도 거리는 변한 게 없었다. 변한 건 소연과 자신뿐인 듯했다.

호진은 소연과 자신 옆에서 무혁이 함께 걷는 장면을 상상해 봤다. 소연의 말대로 그렇게 우스꽝스러울 수가 없었다. 김호진과 길소연과 정무혁이라니. 구성원이 바뀌었다고 해도 그렇게 셋은 절대 안 될 일이었다. 이제는 돌아갈 수도 없고, 돌이킬 수도 없는 시간이 호진의 가슴을 호되게 채찍질했다. 무혁과 몇 번 엮였다고 친구가 되고 싶다는 욕심을 내다니. 무혁이 다가올수록 필연적으로 잊고 싶은 과거를 떠올리게 될 텐데 말이다.

무혁이와는 친구가 될 수 없어. 호진은 자조적으로 입꼬리를 올렸다. 현실을 자각하자 무혁과 급격하게 멀어진 느낌이 들었다. 당장 내일부터 어떻게 한담? 운동을 같이하자고 했던 무혁의 제안이 굉장히 어려운 숙제처럼 거북스러워졌다. 자신은 호의를 거절할 수 있는 성격이 못 됐다. 그래. 딱 한 번만 가는 거야. 호진은 지금까지 무혁이 자신에게 보인 호의에 적당히 응하면서 마음에 내려앉은 채무를 훌훌 털기로 마음먹었다.

"우리 언제부터 운동할래?"

무혁이 등굣길에 마주친 호진을 낚아채 다짜고짜 물었다.

무혁은 호진과 운동할 날만을 호시탐탐 노리고 있었다. 호진이 운동을 하면 잠도 잘 잘 테고, 은수도 함부로 하지 못할 것이고, 자신과는 더 친해질 테니까.

"오늘 할까?"

의외로 호진은 흔쾌히 응했다. 결정대에 오를 날이 무혁의 눈앞에 보이는 듯했다.

방과 후, 무혁과 호진은 함께 체육관으로 향했다. 무혁이 미리 어시스턴트에게 연락해 동네 체육관을 통째로 빌려 놓았다.

무혁이 호진에게 글러브를 쥐여 주고 샌드백 앞에 서게 한 후 팔을 뻗는 것부터 시범을 보였다. 호진이 차근차근 무혁을 따라 했다. 곧잘 하는 호진을 보고 신이 난 무혁은 저도 모르게 진도를 빠르게 뺐다. 거기서부터 문제가 시작됐다. 스텝과 잽을 동시에 하자 호진의 팔다리가 고장이 난 것처럼 엇갈렸다.

"잠깐만, 잠깐만. 지금 오른발하고 오른손이 같이 나갔어."

"그래? 다시 해 볼게."

호진은 입으로 슉슉 소리까지 내며 열심이었다. 그러나 동작이 반복될수록 엉성함은 더해지기만 했다. 저주받은 목각 인형이 있다면 꼭 호진처럼 움직일 것 같았다.

"손 뻗어! 뻗으라고!"

"이렇게……?"

"아니잇……. 하, 잠시만."

무혁이 눈을 질끈 감고 단전부터 숨을 끌어올린 후 천천히 콧김을 내뿜었다. 인내심을 가지고 다시 한번 가르쳤으나 제자리걸음이었다. 친절함을 잃지 않던 무혁의 언성이 점점 높아졌다. 결국 먼저 가드를 내린 호진이 숨을 밭게 뱉으며 무혁을 불렀다.

"우리 좀만 쉴까?"

무혁은 시계를 봤다. 운동을 시작한 지 고작 사십 분이 지나 있었다. 그런데도 호진의 안색은 백짓장처럼 창백했고, 금방이라도 쓰러질 것처럼 비틀거렸다.

"그래. 좀 쉬자."

무혁은 파란 매트 위에 대자로 누웠다. 호진도 옆에 따라 누웠다. 호진이 내뱉는 거친 숨소리가 체육관에 울려 퍼졌다. 어느 정도 숨을 고르고 난 호진이 고개만 돌려 무혁에게 물었다.

"너는 어떻게 이렇게 운동을 잘해? 싸움도 잘하는 것 같던데."

무혁이 호진을 멀뚱히 바라봤다. 말을 고르느라 시간이 좀 걸렸다. 악몽자가 바뀔 때마다 새로운 인생을 사는 드림캐처는 임기응변이 좋아야 하지만, 무혁은 그렇지 못했다.

"……그냥 되던데."

거짓말은 아니었다. 무혁은 꿈과 현실 모두에서 월등한 운동신경을 보였다. 처치가 까다로운 악귀 퇴치에 지원을 자주 나가는 이유이기도 했다. 무혁의 눈에는 악귀의 움직임이 슬로 모션처럼 보였고 다음 동작까지 예상됐다. 정답이 쓰여 있는 문제를 푸는 것과 다를 바 없었다. 그래서 다른 드림캐처들도 다 그런 줄 알았는데, 움직임이 둔한 상덕을 보면 꼭 그런 건 아닌 모양이었다.

"그냥 되는 게 어디 있어. 언제부터 운동했는데?"

"초등학교…… 유치원……?"

호진의 눈치를 살피며 애매하게 답했다. 어린 시절의 기억이 없는 탓에 확실히 대답하기가 어려웠다.

"부럽다."

호진이 고개를 돌려 천장에 대고 혼잣말처럼 중얼거렸다. 그 소리를 들은 무혁이 무심코 말을 던졌다.

"잘 싸우던데?"

"내가? 언제 싸웠는데?"

"아, 아냐. 다른 애랑 착각했다."

무혁은 자기 머리통을 쥐어박고 싶은 걸 꾹 참았다. 호진이 싸우는 걸 본 건 현실이 아닌 꿈 영상이었다. 수없이 많은 꿈 영상을 봤더니 현실과 꿈이 헛갈렸다.

"중학교 때 딱 한 번 싸우긴 했어."

"누구랑?"

"친한 친구랑."

"왜?"

"어쩌다 보니 그렇게 됐네."

볼륨을 줄인 것처럼 호진의 목소리가 점점 작아졌다.

"이겼어?"

무혁의 질문에 호진이 풉 하고 소리 내 웃었다.

"응, 이겼어. 근데 그걸 이겼다고 해야 하나……."

조금 전 웃던 것과 달리 씁쓸한 목소리였다.

땀이 식은 호진이 다시 운동을 시작하자고 제안했다. 둘은 자리에서 일어났다. 누웠던 모양을 따라 매트 위에 땀자국이 나 있었다. 호진은 목에 걸고 있던 수건으로 매트를 훔쳤다.

그 후로 운동을 한 시간 정도 더 했으나 진도는 지지부진했다. 그러나 무혁은 굉장히 흡족했다. 이 정도로 몸을 쓰면 웬만한 인간은 피곤함에 절어 곯아떨어질 게 분명하니까.

예상대로 밤 열 시가 좀 지나자 호진의 꿈 신호가 들어왔다. 방의 불이 꺼진 지 얼마 안 돼서였다. 골을 넣은 축구 선수가 세리머니하듯 무혁이 기쁨의 주먹을 휘둘렀다. 그러나 신호는 쪽빛으로 빛났다.

"쯧, 쉽지 않네."

"쉽기만 하면 재미없잖아?"

그네를 타던 채린이 따분하단 투로 대꾸했다.

확실히 쉽지 않았다. 어느 악몽자건 쉬웠던 적은 없지만, 이번엔 결이 달랐다. 지금까지는 직면한 문제 때문에 악몽을 꾸는 사람이 많았다. 시험, 연애, 친구와의 다툼. 이런 사안들은 대체로 악귀 퇴치를 하면서 시간이 지나면 상황이 호전됐다.

그러나 호진의 문제는 과거와 연결되어 있어 악몽의 뿌리를 찾아야 하는 수고가 더해졌다. 호진이 얼핏얼핏 과거 이야기를 꺼내기는 했지만, 근간을 벗어나 잔뿌리만 내비친다는 느낌이었다. 속사정을 듣기 위해서라도 무혁은 호진과 더 친해져야 했다.

"우리 김호진 이야기하자고 모인 거 아니잖아. 조상덕이 어떻게 됐는데?"

무혁을 못마땅한 눈으로 지켜보던 채린이 짜증을 냈다.

채린과 무혁이 만난 이유는 연락이 안 되는 상덕 때문이었다. 호진의 뒤를 밟아 카페에 갔을 때, 무혁은 DCA로 채린과 상덕에게 연락했다. 그때 채린은 부리나케 달려왔으나 상덕은 메시지를 읽지조차 않았고, 지금까지도 연락이 되지 않고 있었다.

"전화는 해 봤어?"

채린이 물었다.

"신호만 가고 안 받아."

무혁의 대답이 믿기지 않는 듯 채린이 DCA를 꺼내 곧바로 상덕에게 전화를 걸었다. 신호음이 한참 이어지다가 끊어졌다.

"이 자식 무슨 일 있어?"

"아!"

드림캐처스에 갔을 때 상덕의 어시스턴트가 한 말이 떠올랐다. 악귀를 퇴치하다가 일이 있었다고 했다.

"상덕이 어시스턴트가 뭘 좀 알고 있는 거 같았어."

"상덕이 어시스턴트? 이름이 뭐야? 전화해 봐야겠다."

"류진."

"아, 나왔다. 고유 번호가 181224-3? 크리스마스 이브야? 뭐 하다가 그 좋은 날 죽었대?"

채린이 류진에게 전화를 걸면서 농담조로 물었다.

"그러게. 외로워서 죽었나."

무혁도 시답잖은 농담으로 받아쳤다. 둘은 마주 보고 킬킬댔다.

"잠깐만."

상대방이 전화를 받았는지 채린이 손바닥을 들어 보이며 말을 이어 가려는 무혁을 제지했다.

"여보세요, 상덕이 어시스턴트시죠?"

평소와는 완전 딴판으로 상냥해진 채린의 목소리를 듣고 무혁은 처치 곤란한 악귀를 본 것처럼 경악했다. 그러자 채린이 주먹을 들어 때리는 시늉을 했다.

"요새 상덕이가 연락이 안 돼서요. 예, 예……. 아, 그래요. 네, 알겠습니다."

무슨 이야기를 했는지 궁금하다는 듯 무혁이 채린을 향해 눈썹을 들어 보였다.

"자세한 건 상덕이한테 들으래. 목소리에 힘이 없네."

"혼났나?"

엄한 표정으로 상덕의 어시스턴트를 부르던 선임 어시스턴트의 모습이 떠올랐다.

"걔넨 좀 혼나도 괜찮아."

채린이 코웃음 쳤다. 무혁도 동의한다는 듯 고개를 여러 번 끄덕였다.

"그럼 이제 어떻게 할 거야?"

"오늘은 그만 가자."

무혁은 호진의 방 창문을 슬쩍 올려다보고 벤치에서 일어섰다.

진심과 진실

무혁은 입꼬리가 자꾸 올라가는 걸 참을 수 없었다. 호진이 꾸벅꾸벅 조는 게 예뻐서였다. 계속 이렇게 끌고 다니면서 운동을 시키면 앞으로도 푹 잘 듯했다.

또 무엇을 하면 좋을지 고민하던 중, 드림캐처들 사이에 전해지는 '잘 먹고 잘 자면 만사형통'이란 말이 떠올랐다.

'그럼 오늘은 맛난 걸 먹여 볼까?'

맛있는 음식이 눈앞에 있기라도 한 것처럼 무혁이 두 손바닥을 비볐다. 호진의 배를 불린 뒤 체육관에 데려갈 생각이었다.

완벽한 계획을 세운 무혁은 수업 시간 내내 가만히 있지 못했다. 손가락으로 계속 책상을 두드리다 선생에게 몇 번이나 지적당했다. 그럴 때마다 태준이 성가시다는 듯 쳐다봤지만 개의치 않았다. 그의 머릿속엔 이따가 호진에게 전수할 수업 내용밖에 없었다.

종례를 마치자마자 무혁은 호진에게 달려갔다. 그러나 호진은 청천벽력 같은 말을 했다.

"나 약속 있어."

"누구랑!"

자신도 모르게 호진의 어깨를 거세게 움켜잡았다. 호진이 일그러진 표정으로 무혁의 손을 툭툭 쳤다. 그제야 무혁은 잔뜩 힘을 주었던 손을 떼고 재빨리 사과했다. 호진은 괜찮다고 말하면서 잡혔던 어깨를 손바닥으로 문댔다. 무혁이 호진의 눈치를 보며 슬쩍 물었다.

"누구랑 만나?"

"소연이랑……."

"또?"

"지율이랑……."

"또?"

"태준이랑……."

짝의 이름이 거론되자마자 무혁은 태준을 째려봤다. 태준은 자기 자리에서 얄궂은 미소를 짓고 있었다.

지난번처럼 호진의 뒤를 밟아야 할지 잠시 고민했다. 소연과 지율만 있다면 어서 다녀오라고 반기겠지만, 태준이 함께인 게 영 께름칙했다.

고민하는 사이 호진과 태준은 벌써 가방을 메고 교실 밖으로 나가 버렸다. 부리나케 따라나서려는데 주머니에서 진동이 울렸다. 채린에게서 온 전화였다.

"왜?"

"'왜'가 먼저야? 정 더럽게 없네. 드림캐처로 살면서 지금까지 뭘 배운 거야?"

채린의 말투가 오늘따라 더 신경질적이었다. 이럴 땐 빨리 전화를 끊는 게 상책이다. 무혁이 대충 대답하고 끊으려는데 채린이 의미심장하게 말했다.

"상덕이한테 가 봐야겠어."

그의 목소리가 가늘게 떨리고 있었다.

호진은 몇 번이고 뒤를 돌아봤다. 이게 무슨 일인가 싶었다. 소연과 지율 그리고 태준이 자신을 따라오고 있었다.

가까스로 정신을 차린 후 부지런히 앞만 보고 걸었다. 피자집을 찾아야 했다. 피자를 먹자는 지율의 말에 학교 근처에 있는 피자집에 가 봤다고 말을 얹었더니 자연스레 길잡이 역할을 맡게 되었다. 여름 초입이라 볕이 뜨거웠지만 바람은 선선했다. 하지만 호진의 이마에서는 땀이 삐질삐질 났다. 친구들을 이끌고 앞장서서 간다는 생각에 긴장이 됐다.

호진은 삼 년 전에 딱 한 번 가 본 피자집의 위치를 부지런히 상기했다. 아이들 앞에서 어리숙한 모습을 보이고 싶지 않았다. 그러나 주변의 시선 때문에 도저히 집중이 안 됐다. 사람들이 쑥덕대는 소리도 들렸다.

"저 사람 모델 아냐?"

어딜 가나 시선을 사로잡는 태준을 향한 말이었다. 태준이 지나가면 사람들은 잊지 못한 첫사랑을 만난 것처럼 고개를 돌려 그를 다시 한번 쳐다봤다.

그런 태준이 자신의 뒤를 졸졸 따라오고 있다. 호진의 생각에 태준은 자신과 함께 있을 급의 사람이 아니었다. 사람들이 자신과 태준을 비교하며 비웃는 환청이 들리는 듯했다.

"저기 아니야?"

지율이 '피자 학원'이라고 쓰인 간판을 가리켰다. 제대로 찾아왔구나. 호진은 안도의 한숨을 내쉬었다.

가게는 1층에서 주문을 하고 2층에서 식사를 하는 구조로 되어 있었다. 소연과 지율을 먼저 올려 보내고 호진과 태준이 주문을 하기로 했다.

"여긴 내가 살게."

태준이 카드를 내밀었다. 호진은 자신이 내겠다며 호기롭게 태준을 말리고는 메뉴판을 봤다. 저가 피자인데도 한 판에 만 원이 넘었다. 네 명이면 두 판은 먹어야 할 텐데, 자신이 전부 샀다간 며칠간 쫄쫄 굶어야 할 수도 있을 것 같았다.

"아니야. 나 용돈 많이 받았어."

태준이 부드럽게 웃으며 계산했다. 호진은 그 모습을 옆에서 지켜봤다. 길게 뻗은 속눈썹과 오뚝 솟은 코, 새하얀 피부. 태준은 옆모습마저도 미남이었다. 게다가 돈을 척척 내는 재력까지 갖추었다니, 인생은 엄청나게 불공평했다.

둘은 피자를 받아 2층으로 올라갔다. 소연과 지율이 창가에 자리를 잡아 두고 기다리고 있었다. 의자에 앉자 태준이 반질거리는 하얀 책상을 손바닥으로 쓸면서 신기해했다.

"진짜 학원처럼 꾸며 놨네?"

"응. 학원이랑 완전 똑같아."

호진이 태준의 말에 맞장구를 쳤다. 삼 년 전에 왔을 때와 인테리어가 똑같았다. 학원 쉬는 시간에 저녁을 먹으러 왔는데 가게가 학원과 똑같이 생겨서 기겁했던 기억이 떠올랐다.

"호진아, 많이 먹어."

태준이 피자 뜨개로 피자를 한 조각 떠서 호진의 접시에 놓았다. 호진은 "고마워"라고 하면서 감격한 눈으로 태준을 바라봤다. 누군가가 자신을 챙겨 주는 게 얼마 만인지. 눈이 마주치자 태준이 싱그러운 미소로 화답해 주었다.

"호진아, 너는 학교 끝나고 뭐 해?"

지율이 나이프로 피자를 썰면서 물었다.

"운동……도 좀 해야 하는데, 그냥 누워서 책 보거나 웹툰 봐."

무혁과 운동을 한다는 말은 다급히 집어넣었다. 태준 앞에서 무혁의 이야기를 꺼내기가 꺼려졌다. 게다가 한 번밖에 안 했으니 입 밖으로 내기도 애매했다.

"와, 나도 웹툰 좋아하는데. 요새 뭐 봐?"

지율이 눈을 반짝였다. 호진은 제가 본 웹툰을 열심히 떠올리며 지율과 이야기꽃을 피웠다.

"영화 보는 것도 좋아해?"

이번에는 태준이 물었다. 영화를 많이 보는 편은 아니었지만 일단 고개를 세차게 끄덕였다. 이야기는 영화를 주제로 다시 풍성해졌다. 호진은 인터넷에서 요약본 영상을 본 걸 가지고 실제로 본 것처럼 주절주절 떠들었다. 그러다 보니 자신이 진짜 영화를 좋아하는 사람이 된 것 같았다.

대화가 끊임없이 이어지자 태준이 만족스러운 듯이 말했다.

"호진이는 나랑 취미도 비슷하고 성격도 비슷한 거 같네. 친해지면 좋겠다."

호진은 제 귀를 의심했다. '친해지면 좋겠다'라는 말이 메아리처럼 귓속을 울렸다. 중학교 2학년 때 이후로 들어 본 적 없는 말이다. 심장이 쿵쾅거렸다. 고등학교 2학년이 된 후 두 번째로 감격스러운 순간이었다. 첫 번째는 소연과 같이 집에 갔을 때였다.

"나도 너희랑 친해지면 좋겠어."

호진이 조심스럽게 속마음을 내비치며 태준을 바라봤다. 태준의 등 뒤에 난 창으로 땅거미 지는 하늘이 보였다.

호진의 가슴이 갑자기 뭉클해졌다. 불현듯 삼 년 전 기억이 떠오른 것이다. 그때도 이 자리였다. 태준이 앉은 자리에는 가장 친한 친구가 앉아 있었다. 친구는 뭐가 우스운지 깔깔댔고, 그 뒤로 보랏빛 노을이 졌다. 그 옆에는 부서지는 햇살에 반사되어 빛나던 소연이 있었다.

"이제 일어날까?"

지율의 말에 호진이 몸을 바르르 떨며 정신을 차렸다. 지금은 앞에 있는 친구들에게 집중할 때다. 넷은 일사불란하게 테이블을 치우고 가게를 나왔다. 밖은 이미 사위가 어두워져 있었다.

태준과 지율은 들를 데가 있다며 먼저 빠졌다. 아쉬운 듯 작별 인사를 했지만, 호진은 내심 쾌재를 불렀다. 소연과 단둘이 걸을 수 있다는 생각에 심장이 콩콩 뛰었다. 피자집에서와는 다른 종류의 두근거림이었다.

소연의 옆모습을 곁눈으로 보던 호진은 흐뭇한 미소를 지었다. 요새 소연과 부쩍 가까워졌다. 자기 전에 소소하게 연락도 주고받고 있다. 억지로 질문을 만들어 말을 거는 정도이긴 하지만.

하늘을 올려다봤다. 통통하게 살찐 보름달이 떠 있었다. 하도 밝아 제 속마음까지 비출 것만 같았다. 분위기 탓인지 용기를 내어 자신의 감정을 소연에게 꺼내 놓고 싶었다.

그 순간, 소연이 나긋한 목소리로 호진을 불렀다. 공상에 빠져 있던 호진이 화들짝 놀라며 소연을 바라봤다.

"아까 피자집, 옛날에 갔던 곳이더라?"

"어, 응, 맞아. 같이 학원 다닐 때 갔었잖아."

"처음엔 몰랐는데 갑자기 생각났어."

기억을 떠올리는 듯 잠시 뜸을 들이다가 소연이 말했다.

"학원 다니는 건 짜증 났는데, 그때는 참 재밌었어. 태준이랑 지율이랑도 친하게 지내면 좋겠다."

그러고는 호진을 올려다보며 빙긋 웃었다. 달빛에 비친 소연의 얼굴이 너무 아름다워 호진은 숨이 멎을 뻔했다.

"호진아."

소연이 쑥스러운 듯 조그만 목소리로 호진을 불렀다.

"고마워."

"뭐, 뭐가?"

"네가 있어서 요새 힘이 돼. 힘든 일이 좀 있었는데."

호진은 무슨 일이 있었는지 묻고 싶었다. 학원을 그만둔 후에 어떻게 지냈는지도 듣고 싶었다. 하지만 한번 입을 열면 입에서 손수건이 계속 나오는 마술처럼 속마음이 쏟아질 것 같았다. 아직은 소연에게 부담을 주고 싶지 않았다.

"나도 고마워."

대신 '고맙다'는 말에 많은 의미를 담아 들릴 듯 말 듯하게 대답했다. 그때, 어둡이 드리운 골목에서 말소리가 들렸다.

"김호진? 네가 왜 여기 있냐?"

목소리의 주인이 저벅저벅 걸어 나와 가로등 불빛 아래 섰다. 은수였다. 호진이 걸음을 멈추고 침을 꼴깍 삼켰다. 제 의지와 상관없이 손이 바들바들 떨렸다.

"……왜?"

"왜에?"

은수가 못마땅하다는 듯 한쪽 눈썹을 하늘로 치켜올렸다.

"아, 아니다. 재밌긴 하네."

그러고는 뭐가 재밌는지 킥킥댔다.

"어쩌냐? 세상에 믿을 놈이 하나도 없네."

은수가 이죽거리면서 한 걸음씩 걸어왔다. 호진은 도망치고 싶었지만 본능적으로 팔을 뻗어 소연의 앞을 막았다.

"소연아, 조심해."

"소연? 아……, 길소연?"

은수가 눈을 희번덕거렸다.

"네가 길소연이구나?"

호진은 황급히 소연의 안색을 살폈다. 소연은 고개를 떨군 채 어깨를 바들바들 떨고 있었다. 멋지게 나서서 소연을 보호해 주고 싶은데 몸이 움직이지 않았다. 그 사이 은수는 코앞까지 다가왔다.

"여친 앞이라고 폼 잡고 싶어? 존나 쪽팔리게 해 줄까?"

그러면서 검지로 호진의 배를 콕콕 찔렀다. 호진이 은수의 손을 막자 은수는 가소롭단 듯 콧방귀를 뀌었다. 그러고는 주먹을 들어 호진을 때리려다가 갑자기 멈추더니, 주머니에서 휴대폰을 꺼내 들었다. 액정 불빛에 반사된 은수의 눈이 무언가를 보고는 양옆으로 가늘어졌다. 뒤이어 어처구니가 없다는 듯 피식 웃기까지 했다.

"김호진, 너랑 같이 다니는 애가 너 불쌍하다고 놔두란다. 아이고, 불쌍해라."

은수는 끅끅대며 바닥에 침을 퉤 뱉고 그길로 사라졌다.

"보여 달라고!"

지율이 징징거리며 떼를 썼다. 태준은 조용히 하란 뜻으로 검지를 세워 제 입술에 댔다.

"별거 없다니까."

"네가 아무 생각 없이 오늘 모임을 만들었다고? 드림체이서 악몽 퇴치하는 소리 하네."

지율이 입을 삐죽 내밀고 투덜댔다. 그러자 태준이 주머니에서 휴대폰을 꺼내 지율에게 들이밀었다. 지율은 액정에 뜬 메시지를 소리 내 읽었다.

"용자 미용실 앞으로 나와. 재밌는 일이 있을 테니까."

그러고는 화면을 위로 올리더니 또 다른 메시지를 읽었다.

"겁만 주고 가. 김호진 불쌍하잖아. 길소연은 내 몫이니까 함부로 건드리지 말고."

메시지를 다 읽은 지율이 눈을 동그랗게 뜨고 물었다.

"진은수한테 진짜 이렇게 보냈다고?"

태준이 고개를 끄덕였다.

"그런다고 진은수가 나올까?"

"이미 만났을걸?"

"김호진하고 길소연을?"

"응."

"재밌겠당. 나도 가서 구경하고 싶당. 나는 인간관계가 얽히고 설킬 때 엄청 짜릿해. 그것 땜에 누군가가 상처받으면 더욱 좋고. 세상에 복수하는 기분이야."

지율은 전기에 감전된 것처럼 몸을 떨다가 표정을 바꿔 이해가 안 된다는 투로 말했다.

"근데 진은수가 왜 네 말을 들어?"

태준은 대수롭지 않게 답했다.

"개가 인간의 말을 듣는 거랑 다를 거 없지 않나?"

"때린 건 아니지? 인간한테 함부로 주먹질하면, 알지?"

지율이 손날로 목을 긋는 시늉을 했다. 죽는다는 뜻이었다.

인간이 죽음을 두려워하듯, 드림캐처와 드림체이서에게는 각자의 본부에서 내리는 처벌이 공포의 대상이다. 특히 '반추'라는 이름의 벌은 인간일 때 겪었던 고통스러운 일을 백 일간 무한히 반복하며 생생하게 체험하는 것이라 다들 끔찍하게 생각했다.

태준은 상상만 해도 싫다는 듯 눈살을 찌푸리며 말했다.

"인간이 말을 듣게 하는 방법은 여러 가지야. 그중 가장 쉬운 건 공포를 심어 주는 거지."

"어떻게 심어?"

"상상하게 만드는 거야."

태준이 검지로 제 관자놀이를 톡톡 쳤다.

"높은 지위에서 추락하는 상상, 시험에 떨어지는 상상, 소중한 걸 잃는 상상……. 다양하지. 네가 하고 있는 일도 그 물밑 작업이야. 나중에 빼앗기 위해 잠깐 쥐여 주는 거지."

그러고는 들고 있던 휴대폰을 주머니에 넣고 반대편 주머니에서 DCA(Dream Chaser Assistant)를 꺼내 호진의 이름을 검색하더니 꿈 신호가 뜨는 자리를 검지와 중지로 번갈아 가며 두드렸다. 어떤 색 신호가 들어올지 무척 궁금한 얼굴이었다.

"근데 왜 김호진의 꿈 신호를 봐? 넌 길소연 때문에 여기 온 거잖아?"

태준의 DCA를 보던 지율이 의아해하며 물었다. 순식간에 태준의 표정이 굳어졌다. 눈빛에는 이전에 없던 싸늘함이 감돌았다.

"보고 싶은 장면이 있거든."

"무슨 장면?"

"서로 부둥켜안고 추락하는 거."

과거를 떠올리는 듯 태준의 눈이 가늘어졌다. 그러다가 번쩍 눈을 뜨고는 말했다.

"친구도 사귀고 연애도 하면서 김호진과 길소연의 세상은 희망으로 차오르겠지. 날개를 단 것처럼 마음이 붕붕 뜰 거야. 그때가 추락할 때인지도 모르고. 하하하."

"그걸 왜 보고 싶은데?"

징그러운 걸 본 것처럼 지율이 미간을 찌푸렸다.

"소연이한테 돌려줄 게 있거든."

"너, 길소연을 알아?"

"아주 잘 알지. 그래서 걔한테도 알려 주려고. 희망을 가졌다가 빼앗기는 기분이 무엇인지."

태준이 허공을 노려봤다. 마치 그곳에 원수가 있는 듯이.

"윽, 이게 무슨 냄새야?"

채린이 코를 틀어막았다. 방문을 열자마자 고약한 냄새가 흘러나왔다.

"얘는 불도 안 켜고 뭐 하는 거야?"

채린은 일부러 큰 소리를 내면서 벽을 더듬어 스위치를 찾아 불을 켰다. 한참 동안 켜지 않았는지 형광등이 여러 차례 깜빡이다가 겨우 들어왔다.

뒤따라 들어온 무혁은 눈동자를 굴려 방 안을 살피다 눈앞에 쌓인 쓰레기 더미에 입이 쩍 벌어졌다. 음식물 포장지가 아무 데나 널브러져 있었다. 딛는 곳마다 컵라면 용기가 발에 치였다. 먹은 지 한참 됐는지 방바닥에 국물이 말라붙어 붉은 자국이 선명하게 나 있기까지 했다.

"아잇……."

무혁이 나지막이 탄식을 내뱉었다. 쓰레기를 조심스럽게 피해 걷다가 라면 국물을 밟고 만 것이다. 하얀 양말이 진홍색으로 물들었다. 무혁은 발을 들어 발바닥을 한 번 보고는 혀를 차며 양말을 벗었다.

"조상덕, 거기서 뭐 하냐."

앞서 걷던 채린이 걸음을 멈췄다. 어깨너머로 시체처럼 바닥에 누워 있는 상덕이 보였다.

"쟤 상덕이 맞아?"

무혁이 놀라서 묻자, 보면 모르냐는 듯 채린이 도끼눈을 떴다.

상덕의 몰골을 보자마자 무혁은 자신의 열두 번째 악몽자가 떠올랐다. 임용 시험에 일곱 번 떨어지고 폐인으로 살던 사람이었는데, 폴른(Fallen)에게 시달려 높은 곳에서 떨어지는 악몽을 매일같이 꿨다. 그 때문에 잠을 제대로 못 자서 눈은 퀭하고 얼굴에는 생기가 없었다. 상덕은 꼭 그런 얼굴을 하고 있었다.

"야, 야."

채린이 상덕의 허벅지를 발로 찼다. 무혁이 얼른 채린의 팔을 잡아 말렸다. 상덕은 눈만 떠서 서 있는 둘을 힐끔 보고는 다시 눈을 감았다.

"뭔 일이야? 대체 왜 이래?"

채린은 발치에 있는 만두 봉지를 스윽 밀고 그 자리에 앉았다. 무혁도 자리를 치우고 따라 앉았다.

"말 좀 해 봐. 무슨 일이 있었던 거야?"

채린이 언성을 높였다. 그러나 상덕은 미동도 하지 않았다.

"상덕아, 얘기 좀 하자."

이번에는 무혁이 팔을 잡고 흔들었지만, 무혁의 채근에도 상덕은 꿈쩍하지 않았다.

채린이 상덕을 무섭게 노려봤다. 그러다 이내 포기했는지 책상다리를 하고 팔짱을 꼈다. 무혁도 채린을 따라서 팔짱을 꼈다.

셋은 한참 동안 그 상태로 대치했다. 시계를 보니 벌써 저녁 여덟 시가 넘어가고 있었다. 무혁은 호진이 무엇을 하고 있을까 궁금해졌다.

'지금 이러고 있을 때가 아닌데.'

야비하게 웃는 태준의 얼굴이 떠올라 이를 악물었다. 채린이라도 호진과 함께 있다면 안심이 될 텐데, 그는 지금 제 옆에 꽁하게 앉아 있는 중이었다.

'소연이 번호라도 받아 놓을 걸 그랬네.'

채린만 믿고 다가가지 않은 탓에 소연과 더 친해지지 못한 게 못내 아쉬워졌다.

이런저런 생각을 하던 무혁이 결심한 듯 벌떡 일어섰다. 상덕의 머리맡으로 가서 그의 겨드랑이 사이에 팔을 집어넣고 힘을 써 상반신을 억지로 일으켜 세웠다. 상덕은 바람 빠진 풍선 인형처럼 흐느적댔다. 무혁이 재빨리 무릎으로 상덕의 등을 받쳐 눕지 못하게 했다.

"나 좀 놔둬."

상덕이 늘어지는 목소리로 말했다. 만사가 귀찮아 보였다.

"왜 이러는 건데? 얘기하면 갈게."

채린이 짜증 섞인 목소리로 다그쳤지만 상덕은 말없이 콧김만 길게 내뿜었다.

"아이 씨, 그냥 죽일까?"

주먹을 든 채린이 상덕을 때리는 시늉을 했다. 무혁은 시계를 봤다. 상덕의 집에 온 지 벌써 한 시간이 지났다. 이 정도면 채린의 인내심이 꽤 오래간 편이었다.

"그래, 상덕아, 우리한테 말하지 누구한테 말해."

무혁도 채린을 거들었다. 하지만 상덕은 크게 한숨을 내쉬고는 파리를 쫓는 것처럼 손을 휘휘 저었다.

"그냥 가 줘."

"안 되겠다."

채린이 휴대폰을 꺼내 들더니 이곳저곳에 전화를 했다. 곧 음식이 연달아 배달되어 왔다. 햄버거, 치킨, 피자, 짬뽕, 탕수육에 라면까지. 상 위에 펼쳐진 온갖 음식 냄새가 케케묵은 방 냄새를 덮었다. 일부러 냄새가 많이 나는 음식만 골라 시킨 게 분명했다.

"야, 더 맛있게 먹어. 후루룩 쩝쩝 소리도 좀 내고."

채린이 무혁에게 은밀하게 지령을 내렸다. 덕분에 무혁은 뜨거운 라면을 후루룩대느라 입 안이 얼얼했다. 거기다 채린이 계속해서 먹을 걸 앞에 놓는 바람에 배가 터질 것처럼 불렀다.

"뭐야, 너네."

드디어 상덕이 반응했다. 채린은 관심 주지 말란 뜻으로 고개를 양옆으로 저었다. 그러고는 콧노래를 흥얼거리면서 피자 조각을 높이 들었다. 채린의 손을 따라 치즈가 길게 늘어졌다.

"같이 먹어."

시무룩한 상덕의 목소리가 들렸다. 채린이 뒤도 돌아보지 않고 말했다.

"말할 생각 있으면 오고, 아니면 말아."

그러고는 치킨 한 조각을 입에 물고 보란 듯이 쩝쩝댔다.

"알았어."

상덕이 일어나더니 무혁 옆에 앉았다. 무혁이 한 손으로는 음식을 상덕 앞으로 밀어 주면서 다른 손으로는 채린을 향해 엄지를 들어 보였다.

상덕은 수저를 쥐고 본격적으로 먹기 시작했다. 둘이 먹어도 줄지 않던 음식이 빠른 속도로 바닥을 보였다. 후식으로 케이크까지 싹쓸이한 뒤에야 상덕은 배를 땅땅 쳤다. 마술처럼 음식을 사라지게 만든 상덕을 보며 무혁은 입을 다물지 못했다. 상덕이 포만감에 흡족한 미소를 지었을 땐 저도 모르게 손뼉을 칠 뻔했다. 그 정도로 상덕은 깔끔하면서도 빠르게 음식을 해치웠다.

티슈로 입술을 훔치고 나서 상덕이 입을 열었다.

"악귀 퇴치하러 갔었어. 예전에 네가 지원 나왔던 애 있잖아."

"서큐버스?"

무혁이 고개를 갸우뚱했다. 퇴치한 악귀가 떠오른 후에야 지중고등학교의 한 학생이 연애 문제로 힘들어했던 기억이 어렴풋이 났다.

"응. 맞아. 그 뒤로 좀 괜찮더니 2주 뒤에 갑자기 다시 악몽을 꾸더라고. 근데 악귀가 바뀌어 있었어."

"흔치는 않은데 그런 경우가 있긴 있어. 인간의 고통은 끝이 없으니까. '인간이 느끼는 고통을 합치면 산 날만큼'이라는 농담도 있잖아."

채린이 끼어들어 설명했다. 드림캐처로 가장 오래 살아와 모르는 게 없는 채린다웠다.

"그래서 뭐로 바뀌었는데?"

무혁이 물었다. 상덕은 한참 뜸을 들이다 대답했다.

"……리콜렉트."

"뭐야, 호진이한테도 있는 악귀잖아."

무혁은 싱겁다는 투로 말했다.

"그건 나 혼자서도 박살 내는데?"

채린이 양손에 검을 쥐고 베는 시늉을 했다.

"그치. 근데 나는 처음 봤단 말이야."

상덕의 목소리가 무겁게 깔리고 겁에 질린 사람처럼 눈에 공포가 서렸다.

"너 설마, 본 거야?"

무혁이 조심스럽게 물었다. 서큐버스한테도 단숨에 홀려 버린 상덕이었다. 리콜렉트의 반들반들한 표면에서 어떤 영상이 흘러나올지 보고 싶다는 유혹을 떨쳐 내기 쉽지 않았을 것이다.

예상대로 입을 앙다문 상덕이 고개를 끄덕였다. 무혁이 한 번 더 물었다.

"뭘 봤는데?"

"거울에 보인 건 살아 있을 때의 나였어."

상덕의 말에 무혁과 채린의 눈이 동시에 커졌다.

드림캐처는 자신이 죽었다는 사실은 인지한다. 죽은 날짜는 고유 번호로 부여된다. 하지만 생전의 자기 모습은 모른다. 볼 수 있는 방법이 있다는 소리를 들은 적도 없다.

"나 말이야…… 거울 속에 비친 모습이 나라는 걸 알기까지 시간이 꽤 걸렸어."

상덕이 곧 울음이 터질 것 같은 얼굴로 말을 이었다.

"왜?"

채린이 채근하듯 물었다. 상덕은 당시를 떠올리려는 듯 허공을 응시했다.

"지금 내 모습이랑 달랐으니까. 덩치가, 많이 컸어. 아주 많이. 숨 쉬는 것도 힘들어 보일 정도로. 그런데 이상하지? 얼굴도 몸뚱어리도 지금과 다 다른데 영상을 보면서 저게 나구나, 하고 바로 받아들여졌어. 까먹고 있었던 게 다시 떠오르듯이 말이야.

과거의 나는 혼자서는 거동도 힘들어 보이더라. 그래서인지 어떤 사람이 수시로 방을 들락날락하면서 먹을 걸 가져다 줬는데, 침대에 누워서 그 음식을 좋다고 먹더라고."

떠오르는 기억 때문에 괴로운 듯 상덕이 미간을 찡그렸다.

"다음 장면은 병원이었어. 혼자 숨 쉬는 것도 어려워졌는지 침대에 누워 있는 내 입에 호흡기가 붙어 있더라. 영상에 오류가 생긴 것처럼 똑같은 장면만 반복해서 흘러나왔어. 침대에 누워서 겨우 숨만 쉬는 장면과 가끔 발작을 일으켜서 비상벨이 울리고 의사랑 간호사 들이 놀라서 달려오는 장면. 그게 다였어."

상덕은 침을 꿀꺽 삼키고 말을 이었다.

"마지막 장면은 오히려 짧았어. 내가 바들바들 떨리는 손을 겨우 뻗어서 호흡기를 떼어 버리더라. 숨통이 조이는지 컥컥대며 고통스러워하더니, 곧 몸에 힘이 빠지고 편안한 얼굴을 했어."

"그럼……."

무혁은 차마 말을 잇지 못했다. 채린이 무혁을 대신해 뒷말을 덤덤하게 꺼냈다.

"자살한 거야?"

"응……."

말을 마친 상덕이 손바닥으로 얼굴을 쓸어내렸다. 방 안에 헛헛한 침묵이 감돌았다. 골똘히 생각에 잠겨 있던 채린이 불현듯 무언가가 떠올랐는지 침묵을 깨뜨렸다.

"그럼 우리도……?"

그 물음에 무혁의 눈동자가 흔들렸다.

"알 게 뭐야."

무혁은 애써 덤덤한 척했다.

"그래, 알 게 뭐야. 상덕아, 그래도 유감이다."

채린이 책상에 턱을 괬다. 하지만 말과는 다르게 생각이 많은 얼굴이었다.

"이채린, 너는 과거가 궁금해?"

무혁이 물었다.

"뭐, 봐도 좋고, 안 봐도 그만이고. 달라질 건 없잖아. 너는?"

"난 보기 싫어."

"왜?"

"어차피 소멸할 거니까. 이제 곧인데, 뭐. 과거를 안다고 해서 무슨 소용이 있겠어."

그러고는 과장되게 시큰둥한 표정을 지었다.

상념을 떨치려는 듯 채린이 손뼉을 두 번 치더니 먹은 자리를 치우기 시작했다. 무혁과 상덕도 말없이 정리를 도왔다. 상덕의 방은 쓰레기를 치우느라 부스럭대는 소리만 가득했다.

무혁이 집에 돌아왔을 땐 밤 열한 시가 넘어가고 있었다. 옷도 갈아입지 않고 침대 끄트머리에 걸터앉아 DCA를 켰다. 즐겨찾기에서 호진의 이름을 찾아보았지만, 아직 잠들지 않았는지 꿈 신호에 불이 들어와 있지 않았다. 무혁은 DCA를 아무렇게나 던져 놓고 양팔을 베개 삼아 누웠다.

과거엔 관심 없다고 뻗댔지만, 고개를 드는 호기심을 막을 수는 없었다. 상덕이 한 이야기가 자꾸만 귓가에 맴돌았다. 떠올리기 싫어서 꾹꾹 틀어막을수록 선명한 영상처럼 재생됐다.

죽기 전 내 모습은 어땠을까? 왜 죽었을까? 나도 스스로 삶을 끝낸 걸까? 그랬다면 이유가 뭘까? 답을 얻을 수 없는 질문들이 무혁의 머릿속에 갇혀 빙빙 맴돌았다.

밤이 이토록 길게 느껴진 적이 없었다. 잠들 수 있는 인간들이 부러울 지경이었다. 하필이면 지원 요청도 없었다. 무혁은 지루하고 긴 밤을 간신히 버텼다. 드림캐처에겐 뜬눈으로 밤을 지새

우는 게 일상이지만, 이날만큼은 곤욕스럽다 못해 신물이 올라올 정도였다.

창밖이 보랏빛으로 밝는 걸 본 무혁이 침대에서 일어났다. 아침 여섯 시였다. 학교에 가기에는 조금 이른 시각이라 시간을 죽이려 최대한 느릿느릿 움직였다. 평소라면 십 분도 안 걸릴 샤워에도 구석구석 정성스럽게 씻으면서 삼십 분을 할애했다.

샤워를 마치고 나와 DCA를 켰다. 밤에 간헐적으로 깜빡이던 호진의 꿈 신호가 꺼져 있었다. 깊게 자지 못하고 벌써 일어난 모양이었다. 등교 준비를 마친 무혁은 호진의 집 앞으로 갔다. 호진은 평소에도 일찍 집을 나서니 오늘은 더 빨리 나올지도 모른다.

아파트 정문을 빠져나오는 호진이 보였다. 조심스럽게 좌우를 두리번거리고는, 안심한 듯 길을 나섰다. 그동안 관찰한 결과 호진은 매번 그랬다. 가방끈을 바투 잡고 주변을 살피는 그의 얼굴에는 언제나 긴장감이 서려 있었다.

무혁은 호진의 뒤를 쫓다가 갈림길에서 호진과 다른 길로 들어갔다. 그리고 뛰다시피 해서 길 끝에 먼저 도착한 다음, 호진이 자신의 앞을 지나갈 때 불쑥 인사를 건넸다.

"어제 잘 들어갔어?"

호진이 응, 하고 짧게 대답했다.

"어제는 잘 잤어?"

"응."

"우리 언제부터 운동할래?"

"모르겠어."

"오늘부터 할래?"

"오늘은 바빠."

"그럼 내일은?"

"무혁아."

호진이 목소리를 무겁게 깔았다.

"제안은 고마운데, 운동은 안 할게."

"응?"

생각지도 못한 말에 무혁이 놀라서 발걸음을 멈췄다. 호진은 뒤도 돌아보지 않고 학교를 향해 걸어갔다.

교실에 도착한 무혁은 깊은 상념에 빠졌다. 눈싸움하는 사람처럼 눈도 깜빡이지 않은 채 V자로 눈썹을 모으고 호진의 뒤통수를 빤히 응시했다. 안 그래도 심란한데 호진까지 말썽이었다.

함께 운동한 날, 호진의 마음이 조금이나마 열렸다고 생각했다. 그래서 갑자기 운동을 하지 않겠다고 하는 이유를 도통 알 길이 없었다.

쉬는 시간, 무혁은 호진에게 갔다. 멍하니 창밖을 바라보던 호진이 인기척을 듣고 고개를 돌렸다. 무혁이 쪼그려 앉아 호진과 눈높이를 맞췄다.

"어제는 뭐 했어?"

상냥하게 말한다는 게 취조하는 꼴이 됐다. 호진은 대꾸 없이 텅 빈 눈동자로 무혁을 응시했다. 그때 뒤에서 말소리가 들렸다.

"호진아, 매점 갈래?"

고개를 돌려 태준임을 확인한 호진이 얼른 자리에서 일어섰다. 둘은 뭐라 이야기를 나누더니 교실을 빠져나갔다. 무혁은 그들이 사라진 교실 뒷문을 하염없이 쳐다만 봤다.

점심시간에도 호진은 태준과 계속 붙어 있었다. 급식실에서 줄을 설 때도, 나란히 서서 밥을 받을 때도 호진과 태준의 대화는 끊이지 않고 이어졌다.

'뭐가 저렇게 재밌는 거야?'

연신 움직이는 호진의 입가에서 미소가 떠나지 않았다. 입 모양을 읽으려 눈에 힘을 주었지만, 내용을 파악할 수는 없었다.

무혁은 멀리서 그들의 행동거지를 지켜봤다. 기회를 봐서 식판을 들고 호진의 앞자리로 갈 생각이었다. 그런데 어디선가 불쑥 튀어나온 소연과 지율이 호진의 맞은편을 채웠다. 마치 미리 짠 것처럼 일사불란했다.

무혁이 순식간에 갈 곳을 잃고 멍하니 서 있는데, 채린이 무혁을 불렀다.

"야! 정무혁!"

"어? 이채린."

"왜 그러고 서 있어?"

"……아무것도 아니야."

채린이 무혁의 시선이 향하는 곳을 쳐다봤다. 그러고는 대충 눈치로 어떤 상황인지 알겠다는 듯 고개를 끄덕이더니, 무혁의 팔목을 잡아당겼다.

"이리 와 봐."

채린은 호진과 멀찍이 떨어진 곳으로 무혁을 데리고 가 나란히 앉았다. 그리고 평소답지 않게 부드러운 목소리로 물었다.

"요새 호진이랑 잘 안 풀려?"

"응. 이유를 모르겠어."

"상태는 어때 보이는데?"

"꿈 신호가 잘 안 잡혀. 잠을 제대로 못 자나 봐."

"그럼 조만간 악몽 꾸겠네."

혼잣말처럼 중얼대던 채린이 갑자기 부탁을 해 왔다.

"걔 악몽 꿀 때 나 좀 불러 줘."

"리콜렉트 처리할 때는 도움 필요 없는데?"

의아해하던 무혁이 곧 무언가를 알아챘다는 듯 손에 든 숟가락을 내려놨다.

"설마 너…… 과거를 보려고?"

"응. 호진이 악귀가 리콜렉트라며."

"안 본다며?"

"궁금하잖아."

무혁은 고개를 좌우로 저었다.

"안 돼. 너까지 폐인 되면……, 어휴."

상상만 해도 진저리가 쳐졌다. 폐인이 된 채린은 아무도 말릴 수 없을 것이다. 그래서 채린이 더 들러붙기 전에 화제를 바꿨다.

"소연이랑은 어떻게 되고 있어?"

"필요할 때 연락하랬는데 연락을 안 해. 나를 어려워하는 느낌이야. 게다가 재가 딱 붙어 있어서 말도 못 붙이고 있어."

채린이 눈짓으로 지율을 가리켰다. 지율은 소연의 옆에서 쉴 새 없이 깔깔대고 있었다. 동작만 봐도 시끄러울 정도였다.

"지정 악몽자를 바꾸는 건 어때?"

채린이 물었다.

"새로운 악몽자를 배정받는다고 해도 어떤 사람이 걸릴지 모르잖아. '그 인간이 그 인간이다'란 말이 괜히 있겠어?"

권태에 빠진 사람처럼 무혁이 건조하게 말하자, 채린도 그 말에 동의하는 듯 고개를 끄덕였다.

호진은 무혁의 시선을 분명히 느꼈다. 무혁이 자기에게 말을 걸려고 쭈뼛대는 것도 알았다. 자신이 몇 년간 해 오던 일이라 누구보다 잘 알 수 있었다. 그래서 일부러 태준에게 바짝 붙었다. 시답잖은 이야기를 나눌 때도 과장되게 고개를 끄덕이며 웃어 보였다. 태준이 옆에 있어서 다행이었다.

급식실에서 음식이 담긴 식판을 들고 빈자리에 앉을 때도 자연스럽게 태준 옆으로 갔다. 뒤이어 온 소연과 지율이 호진의 맞은편에 앉았다.

호진은 밥을 먹다 말고 친구들을 감격한 표정으로 바라봤다. 사각형 모양으로 앉은 친구들의 모습에서 안정감을 느꼈다. 남들은 아무렇지도 않게 누리는 것을 이제야 맛본다는 생각에 들뜨면서도, 한편으론 고작 이런 것도 못 누리고 산 제 신세가 가여웠다.

이야기꾼을 자청한 지율이 쉴 새 없이 떠들고, 지율의 말에 태준이 적당히 반응했다. 재밌는 이야기가 나올 때마다 호진은 소연을 힐끔 쳐다봤다. 소연의 작은 입에서 미소가 비어져 나오면 자신까지 절로 기분이 좋아졌다.

호진은 앞으로도 이렇게 넷이 함께였으면 좋겠다고 생각했다. 밥도 먹고, 카페도 가고, 놀이공원도 같이 가면 재미있을 것 같았다. 물론 단서를 붙였다. 자신이 감히 끼어도 된다면 말이다.

먼저 밥을 다 먹은 호진은 소연이 다 먹을 때까지 기다렸다가 같이 운동장을 걸으려고 했는데, 급식 지도를 온 학생 주임이 다 먹었으면 나가라고 고래고래 소리를 쳤다. 그 바람에 떠밀리듯 자리에서 일어섰다. 식판을 비운 태준도 따라 일어났다.

급식실에서 나온 호진이 태준에게 인사를 했다. 혼자서라도 운동장을 걸을 생각이었다. 교실에 가면 은수의 눈치가 보이니까. 그런데 태준이 먼저 제안을 해 왔다.

"운동장 걸을래?"

호진은 마치 자신이 부탁한 것처럼 고마움을 느끼며 세차게 고개를 끄덕였다.

밖으로 나오니 이르게 찾아온 더위가 기승을 부리고 있었다. 몸의 모든 구멍에서 땀이 삐져나오는 것 같았다. 괜히 나오자고 했나 싶어 태준의 눈치를 살폈다. 다행히도 태준은 더위를 타지 않는지 얼굴에 땀 한 방울도 맺혀 있지 않았다.

안심한 호진이 다시 발을 재게 놀렸다. 태준의 큼직큼직한 걸음걸이에 맞추려니 자연스레 보폭이 커지고 속도도 빨라졌다. 그러다 보니 같이 걷는다는 게 어느새 태준의 옆에 서려고 아등바등하는 꼴이 됐다.

여유가 넘치는 태준과 달리 호진은 이마에서 땀방울이 뚝뚝 떨어지고 숨이 거칠어졌다. 그러나 뒤처지고 싶지 않았다. 가랑이가 찢어져도 좋으니 태준 옆에 있고 싶었다. 이렇게 멋진 아이와 나란히 있으면 제 삶의 급도 올라가는 듯한 느낌이 들었다.

둘은 운동장을 절반쯤 돌다가 등나무 아래에 놓인 벤치에 앉았다. 가지가 서로 얽혀 만들어진 그늘 덕분에 햇빛을 피할 수 있게 됐다. 하늘하늘한 바람이 불어왔다. 호진이 땀에 흠뻑 젖은 교복 앞섶을 털면서 땀을 식혔다.

"소연이랑은 잘돼 가?"

태준이 불쑥 물었다.

"어? 어……."

호진은 놀람을 감추지 못했다. 무혁도 그렇고, 태준까지도 제 생각을 훤히 들여다보는 것 같았다. 속을 얼마나 못 숨겼으면 얼마 안 본 애들한테까지 마음을 들키는 거냐며 제 탓을 했다. 소연에게도 들켰으면 어쩌나 하고 걱정도 됐다.

"소연이랑 잘 어울리던데."

태준은 공을 차는 아이들에게 시선을 둔 채 말했다.

"둘이 잘됐으면 좋겠어. 진심으로."

'진심으로'에 힘을 실어 말하며 태준이 호진을 바라봤다. 호진은 서둘러 고개를 돌렸다. 안 그래도 산책하느라 빨갛게 익은 두 볼이 더욱 붉어진 것을 들키고 싶지 않았다.

얼마 알고 지내지 않았는데도 자신을 응원해 주는 태준이 고마웠다. 태준과 있으면 마음이 편한데, 아무래도 진심으로 상대방을 대하기 때문이 아닐까 싶었다.

그러다 저번에 은수가 던진 말이 떠올랐다.

'김호진, 너랑 같이 다니는 애가 너 불쌍하다고 놔두란다. 아이고, 불쌍해라.'

은수가 말한 자신과 같이 다니는 애는 무혁일 것이다. 학기 초에 도와준 것도, 운동하자며 쫓아다닌 것도 그저 자신을 불쌍하게 봐서였다고 생각하니 치욕스러웠다.

게다가 무혁이 은수와 연락을 주고받는 사이라면 소연 앞에서 보인 자신의 굴욕적인 모습도 다 알고 있을 게 분명했다. 배신감이 물밀듯이 밀려들어 와 도저히 잠을 이룰 수 없었다. 그래놓고 아무것도 모르는 척하며 등굣길에 살갑게 인사를 하다니. 자신을 가지고 노는 것 같았다.

'그래, 무혁이랑은 절대 친구가 될 수 없어.'

마음을 다잡듯, 호진은 속으로 이 말을 계속 되뇌었다.

알 수 없는 감정들

현정이 티백이 든 찻잔을 들고 와 무혁 앞에 놓인 탁자에 내려놓고는 바닥에 앉았다. 소파에 앉은 무혁은 현정을 내려다봤다. 현정의 앞에는 아무것도 놓여 있지 않았다. 제 입도 챙길 것이지, 하는 생각에 가슴이 답답해졌다.

"여쭤보고 싶은 게 있어서 왔어요."

"뭘 물어보는 건 처음이네?"

궁금증과 걱정이 섞인 얼굴로 현정이 무혁을 올려다봤다. 무혁은 김이 펄펄 나는 차를 한 모금 마시고는 물었다.

"친구가 요즘 잠을 제대로 못 자고, 잠이 들어도 악몽을 꿔요. 근데 왜 그러는지 속 시원하게 말해 주지 않아요. 어떻게 해야 할지 모르겠어요."

잠시 고민하던 현정이 조심스럽게 입을 열었다.

"어떤 상황인지 정확히는 모르겠지만, 정혁이가 참 답답하겠구나. 그래서 아줌마를 찾아온 거고."

"네. 맞아요."

"정혁이는 다른 사람도 아니고 왜 아줌마한테 물어볼 생각을 했어?"

처음에는 인간사에 관해 모르는 게 없는 채린에게 물으려 했지만, 인간의 일은 인간이 더 잘 알 거라는 생각이 들었다. 그리고 이런 대화를 나눌 만한 인간은 현정뿐이었다. 무혁은 생각한 그대로 답했다.

"이런 이야기를 털어놓을 수 있는 사람은 아주머니뿐이에요."

"나?"

현정이 가슴에 손을 대며 자신을 가리키더니 작게 웃었다. 무혁이 현정을 알게 된 이래로 가장 밝은 웃음이었다. 그 모습을 보니 기쁘기는 한데, 왜 그러는지 이유를 몰라 무혁은 두 눈만 껌뻑거렸다.

"우리가 좋은 친구라는 소리로 들려서 기분이 좋다. 그런데 어쩌지? 사실 아줌마도 어떻게 해야 할지 잘 몰라. 정혁이가 걱정이 있다면 들어주고 내 생각을 말해 줄 뿐이지. 아마 그 친구도 잠도 못 잘 정도로 답답한 일이 있을 테고, 정혁이처럼 어딘가에는 털어놓고 싶겠다. 그치?"

"그럴 거예요."

“그럼 정혁이가 그 이야기를 들어주는 사람이 되면 어떨까?”
무혁이 힘없이 고개를 저었다.
“말을 하질 않으니까 들을 수가 없어요.”
“그럼 물어보면 되지. 진심을 담아 묻는 거야. 안색이 안 좋아 보이는데 무슨 일 있냐, 너의 이야기를 듣고 싶다 같은 말로. 마음 속으로 걱정해 주는 것도 좋지만, 때로는 그 걱정을 말로 꺼내서 진솔하게 대화해야 할 때도 있거든…….”
현정의 목소리가 살짝 떨렸다. 그의 얼굴에 그늘이 졌다가 사라졌다. 그것을 재빠르게 감지한 무혁이 떠보듯이 물었다.
“아주머니는 그래 본 적 있어요?”
현정의 눈동자가 흔들렸다. 뒤이어 초조한 사람처럼 양손을 비볐다. 나뭇가지처럼 마른 두 손에서 슥슥 하는 소리가 났다.
“아줌마는, 보고도 못 본 척했어.”
현정이 옅은 한숨을 내쉬었다. 무혁은 고개를 살짝 숙여 현정의 안색을 살폈다. 길게 내려온 머리칼 때문에 얼굴이 보이지 않았다.
“우리 아들 얘기야.”
현정은 침을 삼켜 넘긴 후 혀로 입술을 훑고는 천천히 이야기를 시작했다.
“우리 아들은 하교하면 학교에서 있었던 일을 미주알고주알 털어놓던 애였어. 초등학생 때 버릇이 중학생이 돼서도 안 없어진다고 남편한테는 걱정처럼 말했지만, 사실은 내심 흐뭇했어. 이 아이가 아직은 내 품을 떠나지 않았구나, 하는 안도감이 들었달까? 그런데 언제부터인가 학교에서 돌아오면 바로 제 방으로 올라가더니 나올 생각을 안 하더라고."

말을 멈춘 현정이 고개를 돌려 2층으로 향하는 계단을 쳐다봤다. 어둠에 가려진 계단은 마치 중간에서 잘린 것처럼 보였다.

"남편도 나도 서운했지만, 그저 사춘기가 왔다고 생각했어. 아들을 대학교까지 보낸 친언니가 예언처럼 말했었거든. '네 아들도 방문 걸어 잠글 날이 곧 올 거야' 하고. 그래서 그때까지만 해도 올 게 왔구나, 하는 심정이었지. 남편도 저 나이 땐 자기도 그랬다면서 신경 쓰지 말라더라.

그래도 정 답답할 때면 소리가 안 나게 계단을 밟고 2층으로 올라가서 아들 방 문에 슬며시 귀를 대 봤어. 꼭 죽은 것처럼 아무 소리도 안 나더라고. 괜히 조바심이 나서 노크를 하면 아들의 해맑은 목소리가 들려와. 공부하고 있다고. 그러면 나는 안심하고 계단을 내려갔지.

아들 얼굴을 보는 건 저녁 먹을 때 잠깐이 다였어. 그때마다 우리 아들은 꼬박꼬박 명랑한 얼굴을 하고 씩씩하게 밥도 잘 먹었어. 지금 와 생각해 보면 힘든 내색을 하지 않으려고 얼마나 노력했을까 싶어서 가슴이 미어져. 차라리 울고불고 떼쓰고 했으면 언성을 높이며 싸우더라도 무슨 말이라도 나눠 봤을 텐데.

나는 분명히 알고 있었던 것 같아. 아들한테 무슨 일이 있구나, 하고. 근데 시간이 해결해 줄 거라고 믿었어. 내가 가르치는 학생들도 종종 그러거든. 아이들끼리의 문제를 어른이 들쑤시면 그 불이 더 커질 때가 있어. 반대로 모르는 척 숨죽이고 넘어가면 오히려 불씨가 죽어 버려서 없었던 일처럼 다시 잘 지내기도 하고. 우리 아들도 그러길 바랐던 거야, 나는."

현정이 손을 들어 얼굴을 위아래로 문질렀다. 무혁은 현정이 우는가 하고 걱정스럽게 쳐다봤지만, 그의 눈은 눈물 한 방울 나오지 않을 만큼 말라 있었다.

"아들이 정확히 어떤 심정으로 세상을 떴는지는 아직도 몰라. 반 아이들을 수소문해서 겨우 알게 된 게 지속적으로 괴롭힘을 당했다는 거였어. 그 말을 듣고 학교에 정식으로 가해 학생의 처벌을 요구했지.

워낙 악명 높은 애라 그랬는지 처음에는 학교가 시끌시끌하더니, 금방 잠잠해지더라. 피해자인 우리 아이가 없으니 내놓을 증거가 없었거든. 가해 학생이 눈을 시퍼렇게 뜨고 있으니 증언을 해 줄 아이도 없었고. 그 학생이 촉법소년인데다가 증거가 없어 형사 처벌은 불가능하다고 경찰서에서도 못을 박아서, 학교와 교육청을 오가며 실랑이를 계속했어.

한 달을 그랬을까? 결국 가해 학생의 학교 폭력 심의가 열리게 되었어. 아들이 다니던 학교에서 그 소식을 듣고 온 날, 남편하고 부둥켜안고 펑펑 울었어. 기뻐서가 아니라 미안해서. 아들의 마음이 문드러질 땐 내내 외면하다가 뒤늦게 위한답시고 발악한 것 같아서 말이야. 그 죄책감이 너무 심해서였을까? 피곤하다고 일찍 잠자리에 든 남편은 다시는 일어나지 못했어.

남편의 장을 치르는 동안 가해 학생에 대한 심의가 이루어졌어. 조치는 사십구재쯤 돼서야 내려지더라. 처벌 내용은 출석 정지 5일이었어."

현정이 "잠시만" 하더니 부엌으로 가 정수기에서 물을 받아 벌컥벌컥 들이켰다. 다 마신 후 숨을 몰아쉬고는 무혁에게도 한 잔 권했다. 무혁은 소파에서 일어나 부엌으로 갔다. 컵을 받아 물을 마시면서 계단이 있는 쪽을 바라봤다. 이 집에 몇 년째 오면서도 단 한 번도 올라가 본 적 없는 계단.

"올라가 볼래?"

무혁의 시선을 따라 계단을 보던 현정이 제안했다. 무혁이 고개를 끄덕였다. 어떤 케케묵은 짐이 현정의 삶을 한 발짝도 나아가지 못하게 막는지 제 눈으로 확인하고 싶었다.

부엌에서 나온 현정은 계단 앞에 서서 크게 한숨을 내뱉고 첫 계단에 오른발을 디뎠다. 발의 무게를 느낀 나무가 삐걱 하고 비명을 질렀다. 현정이 살며시 다음 계단에 왼발을 올렸다. 그러고는 유리로 된 계단을 밟는 것처럼 조심스럽게 한 칸씩 올라갔다. 무혁도 현정의 뒤를 따라 꺾인 계단을 올랐다.

2층에 다다르자 굳게 닫힌 세 개의 방문이 눈에 들어왔다. 제각각 다른 방향으로 난 문들은 조그만 거실로 이어졌다. 거실에는 네모난 철제 탁자와 둥근 스툴 세 개가 덩그러니 놓여 있었다.

현정이 계단 바로 옆에 있는 방문을 열고는 문지방을 넘지 않은 채 무혁에게 들어가 보라는 듯한 시선을 건넸다.

무혁은 방 안에 들어서서 눈동자만 굴려 사방을 둘러봤다. 한쪽 벽면에는 책상과 책이 가득 꽂힌 책장이, 반대편에는 싱글 침대가 있었다. 주인이 잠시 나갔다고 해도 믿을 수 있을 정도로 방은 정갈했다. 현정의 시간이 멈추면서 이 방의 시간도 멈춘 듯했다. 혹은 그 반대일 수도 있고.

"치운다는 게 자꾸 까먹어서……."

방 밖에서 현정이 변명처럼 웅얼거렸다. 하지만 앞으로도 치울 마음은 전혀 없어 보였다.

방을 빠져나온 무혁이 닫혀 있는 두 개의 문을 보면서 물었다.

"나머지 방들은 뭐예요?"

"하나는 화장실이고, 하나는 창고야. 거의 남편하고 아들 짐만 넣어 놨지만."

그렇게 말한 현정은 별것 없다는 듯이 창고 문을 열었다. 방금 본 방보다 작은 크기의 공간에 짐이 가득 들어차 있었다. 왼편에는 플라스틱 수납함이 차곡차곡 쌓여 있었는데, 그 안은 정체를 알 수 없는 내용물로 꽉꽉 채워져 있었다. 그 앞에는 골프채와 커버를 씌운 테니스 라켓, 스포츠 브랜드 운동화 등 각종 운동용품이 놓여 있었다. 현정의 남편이 자는 새에 죽었다고 해서 지병이 있었을 거라 생각했는데, 생각보다 건강했던 모양이다.

오른편에는 아기 침대가 놓여 있고 그 주변에는 장난감이 쌓여 있었다. 거실 텔레비전 위에 걸려 있던 가족사진도 있었다. 지금보다 밝고 건강해 보이는 현정이 해사하게 웃으며 남편의 허리에 손을 올리고 있었다. 정장을 멀끔하게 차려입은 남편은 현정의 어깨를 감싸고 있고, 부부의 앞에는 교복을 입은 아이가 순박한 웃음을 지은 채 서 있었다. 아이가 입고 있는 회색 재킷은 품이 너무 크고 소매가 길어 남의 것을 빌려 입은 듯 엉성해 보였다.

이번에는 현정이 먼저 안으로 들어갔다. 그리고 추억을 읽는 것처럼 손끝으로 물건을 하나씩 더듬었다. 무혁은 묵묵히 그 모습을 지켜만 봤다. 그러다 현정의 손길이 아기 침대에 닿았을 때, 궁금증을 참지 못하고 물었다.

"아기 침대는 왜 있어요?"

무혁이 아는 한, 현정에게 자식은 아들 한 명밖에 없었다. 그 아들이 중학교 2학년 때 죽고 남편도 아들의 뒤를 따라, 현정은 완전히 혼자가 됐다.

"그것도 우리 애 거야. 버려야지, 버려야지 하다가도 추억이 담긴 물건이라 그런지 결국 못 버리고 지금까지 갖고 있네. 그 덕에 우리 아기 어릴 때 생각도 나고 좋아."

그러면서 침대에 둘러놓은 바리케이드를 천천히 손으로 쓸었다. 현정의 손길이 자그마한 매트리스 위로 옮겨 갔다. 매트리스 위에는 검은 물건이 놓여 있었다. 현정은 그 물건을 집어 머리 위로 높이 들어 보였다. 검은 가발 같은 깃털이 미역 줄기처럼 줄줄이 딸려 올라왔다.

"애 어릴 때 천장에 이걸 달아 놨었는데. 악몽 꾸지 말라고."

아기가 눈앞에 있기라도 한 것처럼 빙긋 웃으며 현정이 콧노래를 흥얼거렸다. 무혁은 그가 들고 있는 물건에 눈길을 주었다. 실이 감긴 얼굴만 한 원과 그 밑에 주렁주렁 달린 깃털들. 드림캐처였다. 그리고 그제야 낯익은 멜로디가 귀에 들어왔다.

"앞뜰과 뒷동산에 새들도 아가 양도 다들 자는데……."

무혁이 미간을 긁적이며 실소를 터트렸다.

"왜? 무슨 일 있어?"

노래를 멈춘 현정이 의아한 얼굴로 물었다. 무혁은 크게 소리쳐 웃고 싶은 걸 참고 아무것도 아니라고만 답했다.

2층에서 내려온 후 현정은 밥을 먹고 가라고 무혁을 채근했고, 무혁은 애써 거절하지 않았다.

현정은 냉장고와 싱크대를 왔다 갔다 하며 부산스럽게 저녁을 준비했다. 그동안 무혁은 소파에 앉아 기다렸다. 꺼진 텔레비전의 검은 화면에 제 모습이 비쳤다. 들러붙은 먼지 때문에 이목구비를 분간할 수 없을 정도로 흐리멍덩하게 보였지만, 그마저도 싫어 텔레비전을 켰다. 둥그렇게 앉은 사람들이 화면 안에서 깔깔댔다. 소리가 들렸는지 현정이 부엌에서 “그래, 텔레비전 좀 보고 있어!” 하고 소리쳤다.

텔레비전 속 사람들이 손뼉을 치며 폭소했다. 그러나 무혁은 전혀 웃음이 나지 않았다. 움직이는 화면 위로 일흔여섯 번째 악몽자의 얼굴이 떠올랐다. 부모를 교통사고로 잃고 밤마다 꺼이꺼이 울다 잠들던 사람이었다. 그의 꿈은 뿌연 안개로 가득 차 있었는데, 무언가를 상실한 사람에게 주로 들러붙는 악귀 로스트(Lost) 때문이었다.

‘난 슬픈가?’

무혁이 자문했다. 그렇다기엔 눈물이 한 방울도 나오지 않았다. 물론 드림캐처에겐 눈물도 슬픔도 학습의 결과물일 뿐이다. 인간들이 부모에게 느끼는 감정도 누군가에게 배워 머리로만 아는 감정이니, 슬플 리가 없다.

다만 좀 어이가 없었다. 이 상황이 결코 우연이라 생각되지 않았다. 짓궂은 장난을 꾸며 놓은 게 누군지는 몰라도, 드림헤더는 다 알고 있었을 것이다. 아무것도 모르는 척하며 제게 능청스럽게 질문을 던지던 드림헤더의 뻔뻔한 낯짝을 보고 싶었다.

“정혁아, 와서 밥 먹어.”

식탁 위에는 가짓수를 세기 힘들 정도로 많은 반찬이 올라와 있었다. 무혁은 숟가락을 들어 먼저 국그릇에 담긴 된장찌개를 한술 떴다.

“와, 맛있어요.”

무혁이 탱글탱글한 두부를 씹으며 감탄했다. 꾸며낸 말이 아니었다. 현정의 음식 솜씨는 인간 음식에 무지한 무혁이 느끼기에도 수준급이었다. 현정이 안심한 듯 턱을 괸 채 무혁을 바라봤다. 그런 현정의 시선을 느끼면서 무혁은 부지런히 밥을 먹었다. 그에게 물어볼 말이 많았다.

밥 한 공기를 더 퍼 오려는 현정을 막으며 무혁이 물었다.

“아주머니는 왜 저를 계속 받아 주세요?”

의외의 질문이라는 듯 현정이 잠시 고민하다가 답했다.

“무혁이 친구라는데 어떻게 내쳐. 게다가 이름도 두 글자나 같잖아. 꼭 내 아들이 놀러 오는 것 같아서 좋은데.”

그러면서 눈만 웃어 보였다.

“제가 오면 무혁이,”

무혁이란 이름을 제 입으로 뱉으려니 목이 탁 막혔다. 무혁은 헛기침을 한 번 하고 마저 말했다.

“무혁이 생각나시잖아요.”

현정은 숨을 크게 들이마신 후 코로 천천히 내쉬면서 고개를 주억거렸다.

“그랬지. 미안한 이야기지만 정혁이가 처음 우리 집에 왔을 때는 좀 미웠어. 내 자식은 죽었는데 남의 자식은 멀쩡히 살아 있으니까. 왔다 가면 애써 메운 빈자리가 다시 커져서, 정혁이가 안 왔으면 좋겠다고도 생각했어. 그런데 지금은 아니야."

"죄송해요."

"죄송할 일이 아니야."

현정이 턱을 괴고 있던 손을 뻗어 흔들었다.

"어차피 겪어야 할 과정을 정혁이 덕분에 빨리 겪었을 뿐인 거니까."

그러고는 다시 턱을 괴고 무혁을 쳐다봤다. 무혁도 눈을 피하지 않고 현정을 지그시 바라봤다. 그 얼굴을 오래도록 담아 두려는 것처럼.

무혁은 결국 궁금증의 절반도 해소하지 못하고 현정의 집을 나왔다. 궁금하다고 해서 떠오르는 대로 질문을 던지는 일은 무해한 얼굴을 한 현정을 마구 할퀴는 것에 불과하다. 머릿속을 가득 채운 물음표, 그깟 물음표 따위는 자신이 처리하면 된다. 정 해소되지 않으면 같이 소멸하면 그만이다.

펑—!

샌드백 터지는 소리가 체육관에 쩌렁쩌렁 울렸다. 샌드백에서 새어 나온 톱밥이 공중에 퍼져 시야가 뿌옜다. 그제야 무혁은 마구잡이로 휘두르던 주먹을 멈추고 그대로 매트리스에 누웠다. 이마에 맺힌 땀이 옆얼굴을 타고 흘러내렸다. 형광등 불빛이 유난히 밝게 느껴져 팔을 들어 눈을 가렸다.

현정의 집을 나올 때까지만 해도 악몽자의 꿈을 엿볼 때처럼 무감각했다. 몸이 좀 무거웠지만 밥을 꾸역꾸역 먹은 탓이겠거니 했다. 가슴께에서 알 수 없는 것이 보글보글 끓어오르면서 몸 구석구석이 간지러워졌을 때도 요즘 운동을 게을리해서 그런 거라고 생각해서 체육관에 왔다. 그랬을 뿐인데 평소보다 주먹에 힘이 실렸고, 결국 샌드백이 원수라도 되는 것처럼 무참히 휘둘러 댔다.

무혁은 벌떡 일어나 양반다리를 하고 앉았다. 다리에서부터 무언가 스멀스멀 기어오르는 느낌이 들어 손가락으로 온몸을 박박 긁었다. 갑갑해서 손에 맨 붕대도 풀고 신발도 벗어 던졌다. 그런데도 숨이 가쁘고 심장이 미친 듯이 뛰었다.

"대체 왜 이러는 거야? 엄마란 사람이 나타난 게, 그게 뭐? 그리고 살아 있을 때 내가 어떻게 죽었든 이제 와서 뭐가 중요해? 어차피 소멸하면 그만이잖아. 다 끝이라고!"

무혁의 목소리가 체육관에 울려 퍼졌다.

"아, 그런 건가? 제 목숨을 버렸으니 반성하며 살아라? 네 엄마가 어떻게 살고 있는지 보면서 네가 얼마나 중죄를 저질렀는지 봐라? 그러니 악몽자들 돕고 살면서 회개라도 하라는 뜻인가? 말해 봐, 드림헤더. 다 알고 있었잖아!"

드림헤더가 눈앞에 있기라도 한 듯 무혁이 천장에 대고 소리쳤다. 하지만 잠시 뒤, 자신의 목소리만 메아리쳐 돌아올 뿐이었다.

그때 DCA 알람이 울렸다. 아무렇게나 던져 놓은 보스턴백을 뒤져 DCA를 꺼냈다. 어시스턴트에게서 온 전화였다. 스피커폰으로 전화를 받자 사무적인 목소리가 들렸다.

"정무혁 님."

"왜."

무혁이 최대한 퉁명스럽게 답했다. 어시스턴트도 드림헤더와 한통속이란 생각에 적대감이 솟아올랐다. 어시스턴트는 감정의 동요 없이 제 할 말을 했다.

"지난번에 요청하신 것 조사했습니다."

무혁은 스피커폰 모드를 끄고 DCA를 귀에 갖다 댔다.

"김호진은 호강 중학교 출신이고, 용중 학원에 다녔습니다. 반면에 한지훈, 그러니까 드림체이서 한태준은 지중 중학교 출신이고 학원은 다니지 않아 접점이 보이지 않았습니다. 그런데……."

"그런데?"

"김호진의 주변 인물 중 길소연이란 아이가 지중 중학교 출신이었습니다. 그래서 그쪽을 파 보았더니 한지훈과 길소연이 중학교 3학년 때 같은 반이었습니다. 그리고 길소연은 2학기가 끝날 무렵에 모종의 사건을 겪고 정신과 상담을 받았는데, 상담을 시작한 날과 한지훈이 목숨을 끊은 시점이 얼추 비슷합니다."

정황상 태준의 목표는 소연인 듯했다. 그렇다면 태준은 소연의 주변을 맴돌아야 맞다. 애꿎은 호진을 건드릴 건 뭐람? 무혁은 골똘히 고민했다. 태준은 호진이 자신의 지정 악몽자가 아니라고 했지만, 그가 필요하다고 했다. 왜? 무엇을 위해서? 태준의 꿍꿍이가 뭔지 더 알아볼 필요가 있었다.

"모종의 사건이 뭐야?"

"아직 그것까진 알아내지 못했습니다. 파악하는 대로 연락드리겠습니다."

용무를 마친 어시스턴트가 평소처럼 전화를 끊으려 하자, 무혁이 다급하게 어시스턴트를 불렀다.

"야, 넌 다 알고 있었지?"

"뭘 말씀이십니까?"

무혁은 눈동자를 핑그르르 한 바퀴 굴리고는 뜨거운 콧김을 내뿜었다.

"내 과거 말이야. 내가 처음 구한 사람이 내 엄마라는 거. 그리고 내가……."

말을 멈춘 무혁이 오른쪽 어금니를 악물었다.

"스스로 목숨을 끊었다는 거."

어시스턴트는 말이 없었다. 무혁의 언성이 높아졌다.

"평소에는 모르는 게 없더니 지금은 입 다무는 이유가 뭐야?"

"……."

"말해 보라고! 다 알고 있었잖아!"

DCA 너머로 차분한 목소리가 들려왔다.

"제가 드릴 수 있는 말씀은 없습니다, 정무혁 님. 어서 나아지시길 바랄 뿐입니다."

전화가 끊겼다.

무혁은 들고 있던 DCA를 보스턴백에 집어 던지고 공기를 죄다 삼킬 것처럼 숨을 들이쉬어 양 볼 가득 바람을 넣은 후 천천히 내뿜었다. 여전히 심장이 쿵쾅거렸다. 소리가 너무 커서 제 귀에도 들릴 정도였다. 결국 양다리를 동그랗게 오므린 채 뒤로 벌러덩 누워 형광등 불빛과 싸우듯 천장을 한참 노려봤다.

문득 신입 드림캐처 교육을 받던 날이 떠올랐다. 죽은 사람들의 반응을 관찰하는 교육이었다.

문이 열리면 망자가 들어왔다. 온통 컴컴한 공간에 한 평 정도 크기의 단상이 덩그러니 놓여 있고, 그곳에만 빛줄기가 내리쬐고 있었다. '단상에 올라서세요' 하고 어디선가 말소리가 들리면 망자는 주변을 두리번거리다가 마지못해 단상 위에 섰다. 그곳이 결정대였다. 죽은 이가 드림캐처와 드림체이서 중 무엇이 될지 고르는 곳. 그리고 임무를 완수한 드림캐처가 소멸 혹은 환생을 결정하는 곳.

단상에 선 망자들은 대개 같은 반응을 보였다. 처음에는 죽음을 부정했다. 자기 뺨을 치기도 하고 목을 졸라 보기도 했다. 아픔이 느껴지지 않는다는 걸 자각하면 바닥에 주저앉아 허망한 듯

먼 곳을 멍하니 쳐다봤다. 한참 동안 우는 이도 있었다.

그러고 나서가 가관이었다. 망자들은 벌떡 일어나 허공에 대고 마구 삿대질을 했다. 앞에 쉿덩이가 있어도 뚫을 기세로.

"내가 죽을 때 신은 뭐 했어! 인생은 아름답다고? 살 만하다고? 네가 살아 봐. 엉? 네가 살아 보라고!"

그러다 제풀에 지치면 그때부터는 실성한 사람처럼 헤헤거리며 빌기 시작했다.

"돌아가면 열심히 살게요. 네? 다시 돌려보내 주세요. 이렇게 가기엔 제 인생이 너무 억울해요. 딱 한 번만요."

양손을 모으고 검지를 펴서 '딱 한 번'을 강조하는 꼴은 귀엽기까지 했다.

그땐 그런 망자의 모습이 우스꽝스러웠는데……. 지금은 제가 그러고 싶은 심정이었다. 어디에다가 빌어서라도 심장을 움켜쥔 것처럼 갑갑한 이 느낌에서 벗어나고 싶었다.

아니다. 아니다. 무혁은 천천히 고개를 좌우로 젓다가 점점 거세게 흔들었다. 더럽고 치사한 드림헤더에게 빌 바에야 지금 당장 김호진의 악몽을 퇴치해 버리고 결정대로 가는 게 빠르다. 보스턴백에서 다시 DCA를 꺼내 김호진의 이름을 검색했다.

"어?"

무혁이 놀라서 DCA를 눈앞에 들이댔다. 호진의 꿈 신호가 노란색으로 빛나고 있었다. 푸른색보다 호전된 색깔이다. 조금만 더

가면 색이 하얗게 바뀌고, 그러면 임무가 끝난다.

무혁은 시간을 확인했다. 겨우 열 시를 지나가고 있었다. 등교할 때까지는 아홉 시간도 더 남았다. 목표 달성을 목전에 둔 드림캐처에게는 불필요한 시간이었다. 시간의 한 허리를 잘라 내어 필요한 사람에게 나눠 주고 싶었다. 시간 없다는 말을 달고 살던 아흔아홉 번째 악몽자가 적격일 듯했다.

집으로 돌아온 무혁은 캄캄한 방에서 관에 누운 시체처럼 침대에 가만히 누워 있었다. 눈만 말똥말똥 뜬 채로 시간이 어서 흐르기만을 기다렸다. 더디게 흐르는 시간은 밀물처럼 자꾸만 잡념을 끌고 왔다. 금방이라도 부서질 것같이 푸석한 현정의 얼굴이 밀려왔다. 커다란 교복을 입고 행복한 미소를 짓는 아이의 얼굴이 밀려왔다. 어디선가 자장가도 들리는 듯했다.

눈을 감았다. 몸이 무거워진 것도 아닌데 침대가 푹 꺼지는 느낌이 들었다. 거부하지 않고 흐름에 몸을 맡겼다. 감각이 무뎌지면서 깊은 물속에 잠기는 기분이 들었다. 이대로 있으면 끝이 없는 바다로 떠내려갈 것 같았다.

머리맡에서는 계속해서 DCA가 울렸다. 시끄러웠지만 손을 뻗기도 귀찮았다. 이 시간이라면 지원 요청일 게 분명했다. 그런 건 안 가도 그만이다. 무혁은 이대로 모든 것이 끝나면 좋겠다고 생각했다.

하지만 DCA의 요란한 알람은 계속됐다. 메시지가 아니라 전화였다. 무혁은 DCA를 끄려다 상덕의 이름이 화면에 떠 있는 걸 보고 통화 버튼을 누른 뒤 귀에 갖다 댔다.

"뭐 해, 무혁아?"

"그냥 누워 있어."

"안 나가고? 오늘 지원 요청 많던데."

"귀찮아."

"네가 웬일이야? 지원 나가는 걸 귀찮아하고. 좀 이상하다. 혹시 무슨 일 있어?"

"아니. 괜찮아. 왜 연락했어?"

무혁이 평소 목소리보다 한 톤 올려 최대한 밝은 목소리를 냈다. 그러나 상덕은 금세 알아챘다.

"너 진짜 좀 이상해. 나 지금 햄버거 먹고 있는데, 이것만 먹고 갈게. 기다려."

"아냐, 나 괜찮아. 오지……."

일방적으로 전화가 끊어졌다. 상덕이 온다는 게 반가우면서도 귀찮게 느껴졌다. 오늘은 혼자 있고 싶었다.

문을 열고 들어온 상덕의 모습은 지난번보다 말끔해져 있었다. 정신이 돌아온 모양이었다. 무혁이 힘없이 한마디 던졌다.

"얼굴 좋아졌다."

"언제까지고 누워 있을 수만은 없잖아."

그렇게 말하면서 상덕은 자연스럽게 냉장고를 뒤지기 시작했다. 먹거리를 발견하지 못했는지 음료수를 꺼내 벌컥벌컥 마시고 소매로 입을 닦고는 말했다.

"내가 생각해 봤는데 말이야, 별거 아니더라고."

상덕이 책상 앞에 놓인 의자에 앉은 채 의자를 핑그르르 돌려 침대에 걸터앉은 무혁과 마주 봤다.

"과거의 일 말이야, 충격을 받긴 했지만 과거는 결국 과거일 뿐이잖아. 말 그대로 지나간 때."

"그게 왜?"

"너무 신경 쓸 필요 없다는 거지. 이미 지나간 일이 앞질러 와서 다시 나를 괴롭힐 일은 없으니까. 앞으로 다가올 일들은 완전히 새로운 손님인 거야."

상덕의 말이 맞는다고 생각하면서도 무혁은 저도 모르게 딴지를 걸었다.

"근데 악몽자들은 과거의 일 때문에 힘들어하잖아."

"결국 이겨 낼 거야. 나처럼."

상덕이 결연에 찬 표정을 지었다. 양 눈썹을 올린 무혁이 오랜 동료를 미심쩍은 눈으로 바라봤다. 가능하다면 상덕의 이름을 DCA에 검색해 보고 싶었다. 아마 꿈 신호 색이 못해도 상아색과 하얀색의 어디쯤을 가리키고 있을 거 같았다. 그 정도로 밝아진 상덕이 대견하면서도 샘이 났다. 그와 달리 힘든 일을 이겨 내지 못하는 이도 있다. 그게 바로 드림캐처 이전의 자신이었다.

무혁은 애써 태연한 척하며 물었다.

"그럼 너는 임무 완수하면 어떤 결정을 할 거야?"

질문을 받은 상덕이 등받이에 몸을 기대고 의자를 한껏 뒤로 젖혔다. 그러고는 양 볼에 바람을 잔뜩 불어 넣은 채 골똘히 생각하더니 심각한 표정으로 말했다.

"인간으로 다시 태어날 거야. 미국인으로 태어나게 해 달라고 할 거야."

"왜?"

"햄버거 좋아하거든."

"햄버거는 한국에도 있잖아?"

같이 심각해졌던 무혁의 입에서 실소가 터져 나왔다. 상덕은 여전히 진지한 얼굴로 말했다.

"근데 나는 결정대에 가려면 아직 한참 멀었어."

"나보다 반년 먼저 드림캐처가 되지 않았어?"

"드림캐처가 된 지 삼 년 만에 임무를 완수하는 건 흔한 일이 아니야."

실제로 무혁은 드림캐처들 사이에서 빠르게 목표를 달성하는 것으로 명성이 자자했다. 웬만한 악귀는 혼자 퇴치할 수 있을 정도로 높은 전투력을 지닌 것도 한몫했다.

곧 상덕은 지금 맡은 악몽자의 이야기를 한참 늘어놓았다. 새로운 연애를 시작한 악몽자는 상태가 많이 호전되었다고 했다.

조만간 임무를 완수할 수 있을 것 같다며 빙긋 웃었다.

무혁은 축하한다고 말하면서 호진을 떠올렸다. 호진도 소연과 사귀면 금방 나아질 텐데. 그래야 내가 이 지긋지긋한 인간 세상에서 어서 소멸할 텐데. 그 생각에 닿자 자연스럽게 현정 생각이 났다. 소멸해 버리면 끝인데 왜 자꾸 현정이 눈에 밟히는지, 이게 대체 무슨 감정인 건지 아무에게라도 물어보고 싶었다.

무혁은 상덕의 눈치를 살피며 현정의 이야기를 그에게 말해도 될지 가늠해 봤다. 상덕의 얼굴에는 그늘이 없었다. 수렁에서 겨우 빠져나온 애한테 또다시 마음의 짐을 지우고 싶지 않았다. 그래서 결국 입을 열지 못했다.

자정이 되자 상덕은 악몽자를 살피러 간다며 무혁의 집을 떠났다. 상덕을 배웅한 후 적막이 흐르는 방 안을 둘러봤다. 갑자기 방이 더 넓게 느껴졌다. 주절주절 떠들어 대는 상덕이 귀찮다고 생각했는데, 막상 없으니 허전했다. 다시 침대에 누웠다. 열어 둔 창문으로 가로등 불빛이 새어 들어왔다.

새벽에 접어들수록 점점 더 깊은 늪에 빠지는 기분이 들었다. 후회의 늪에 잠식당하면 이런 느낌일까 싶었다. 리콜렉트를 본 것도 아닌데 '후회'라는 감정이 뭔지 알 것만 같았다.

무혁은 자신이 하지 않은 일에 자꾸만 미련이 생겼다. 상덕이 오기 전에 호진의 상태를 눈으로 확인할 걸 그랬다. 아니다. 현정에게 모든 걸 솔직하게 털어놓을 걸 그랬다. 아니다. 드림캐처 행동 강령을 위반할 수는 없다. 무혁이 제 뺨을 탁탁 쳤다. 지나간 일은 생각하지 말자. 그렇게 다짐한 순간, 또 현정의 얼굴이 머릿속에 떠올랐다. 현정에게 좀 더 자주 찾아갈 걸 그랬다. 아니다. 아예 찾아가지 말았어야 했다…….

무혁은 왔다 갔다 하는 마음을 좀처럼 주체하지 못했다. 밤은 숨 막히도록 조용했다. 하지만 무혁의 머릿속은 꼬리에 꼬리를 무는 생각으로 시끌시끌했다.

아침이 밝기만을 기다렸다가 호진의 집 앞으로 갔다. 십 분쯤 후에 호진이 두리번거리며 아파트 정문을 나섰다. 무혁이 손을 들어 호진을 부르려는데, 갑자기 호진이 활짝 웃으며 어디론가로 달려갔다. 길 맞은편에 태준이 서 있었다.

무혁은 점심시간까지 호진에게 말 한번 붙이지 못했다. 호진은 틈만 나면 태준과 어울렸다. 안색은 그의 꿈 신호만큼이나 눈에 띄게 밝아졌다. 그에게 친구가 생겨서 다행이었다. 그 대상이 굳이 자신일 필요는 없으니까.

그러나 찜찜함을 떨칠 수 없었다. 친구 중 한 명이 한태준이라니. 인간의 불행을 즐기는 드림체이서가 아무 목적 없이 인간에게 접근할 리 없다. 드림캐처의 법과 질서 수업에서 인간과 사랑에 빠지거나, 인간을 대신해서 복수를 감행하고 징벌을 받은 드림캐처의 사례를 들은 적이 있다. 하지만 드림체이서에게 그런 낭만을 기대할 수는 없었다. 정확히 어떤 상황인지 확인해야 했다. 그래야 음습하게 달라붙는 불쾌함을 없앨 수 있을 것 같았다.

5교시가 끝나고 무혁은 호진을 찾아갔다. 할 이야기가 있다고 하자 호진이 차갑게 물었다.

"무슨 할 말?"

냉랭한 태도에 무혁이 놀라서 호진을 바라보자, 호진은 고개를 숙여 시선을 피했다.

"묻고 싶은 게 있어서……."

"뭔데?"

"한태준이랑 친구가 된 거야?"

무혁의 질문에 호진이 눈을 치켜떴다. 그의 입 주변 근육이 파르르 떨렸다. 화를 억누르는 목소리로 호진이 말했다.

"나 같은 게 친구가 생기니까 우스워?"

"절대 그런 거 아냐! 그냥 요새는 잘 지내고 있는지 궁금해서. 그리고 옛날 일들은 어떻게……."

"그걸 내가 왜 말해야 하는데?"

호진이 무혁의 말을 싹둑 잘랐다. 목소리에 날이 서 있었다. 반 아이들이 무혁과 호진을 힐끔 쳐다봤다. 그 시선에도 아랑곳하지 않고 호진은 악을 썼다.

"네가 나에 대해 뭘 아는데? 내 이야기를 누구한테 들었나 보지? 조금 알고 나니까 내가 불쌍해? 아니면 나 같은 게 웃고 떠드는 게 못마땅해? 난 좀 편해지면 안 돼? 삼 년이 지났어. 이젠 좀 잊고 살아도 되잖아. 언제까지 죄인처럼 살길 바라는 거야, 대체!"

무혁은 손으로 호진의 양팔을 잡아 진정시켰다. 그러고는 고개를 숙여 호진과 눈을 맞췄다.

"난 네가 걱정돼서 하는 말이야."

"그만 동정 필요 없어."

호진이 무혁의 손을 거칠게 밀어내고 자리를 벗어나려 했다. 무혁은 그런 호진을 잡아 막았다.

"내가, 하……, 말을 다 할 순 없지만 한태준은 네 친구가 아니야. 호진아, 네가 잘 지내기를 바라서 하는 말이야."

"너도 내 친구는 아니야. 난 잘 살고 있어. 그니까 신경 꺼 줘."

그렇게 내뱉은 호진이 눈물이 그렁해진 눈을 소매로 슥 문지르고는 교실 밖으로 나가 버렸다.

무혁은 호진의 말이 맞는다고 생각했다. 과거든 뭐든 잊고 지금 잘 살고 있으면 그만이다. 상태가 호전되기만 한다면 호진이 뭘 하든 자신이 상관할 바가 아니다. 악몽을 꿀 때 가서 악귀나 퇴치하고 임무만 완수하면 장땡이다. 억지로 머릿속에 집어넣으려는 것처럼, 무혁은 그 생각을 몇 번이고 되뇌었다.

열린 교실 뒷문 틈으로 호진이 친구들과 어울리고 있는 게 보였다. 소연과 지율 그리고 한태준이었다. 키가 커서 넷 사이에 우뚝 솟아 있는 한태준을 무혁이 마뜩잖은 눈으로 쳐다봤다. 그러다가 고개를 돌려 창밖을 바라봤다. 아직 물들지 않은 파란 은행잎이 바람에 흔들렸다. 잎들은 온 힘을 다해 가지에 붙어 있었다. 계절이 바뀌면 금방 질 줄도 모르고.

신기루

호진은 휴대폰을 붙잡고 놓을 줄 몰랐다. 단체 채팅방 알람이 끊이지 않고 울렸다. 진동이 계속 이어져서 전화가 오는 것처럼 느껴질 정도였다. 알람을 끌 수도 있었지만, 그렇게 하지 않았다. 오히려 끊임없는 진동 소리가 좋았다.

학교에서 쉬는 시간마다 수다를 떨었는데도 아직도 할 이야기가 잔뜩 남아 있는 게 신기했다. 대화 주제는 공부, 영화, 만화, 음악, 음식 등 시시각각으로 변했다. 세상이 이렇게나 다양한 색깔로 이루어져 있다니. 여태까지 살아온 잿빛 세상이 다 거짓말처럼 느껴졌다.

쉴 새 없이 올라가는 채팅 창을 보다가 대화 중인 멤버 창을 띄웠다. 소연, 태준, 지율 밑에 좋을 호에 나아갈 진, 한자로 쓴 제 이름이 분명하게 적혀 있었다. 이 방에 온전하게 소속되어 있다는 사실이 호진에게 안도감을 주었다.

채팅방에서 호진은 재간꾼이었다. 호진이 말을 하면 다들 'ㅋㅋㅋ' 하고 웃었다. 지율은 호진이 엄청나게 웃기다며 치켜세우기도 했다. 누구도 그에게 눈치나 핀잔을 주지 않았다. 따라서 머리 숙여 사과할 일도 없었다.

시끄럽던 채팅방이 잠잠해졌다. 그제야 호진은 자신이 옷도 갈아입지 않았단 사실을 깨달았다. 교복을 벗으면서 거울을 봤다. 하도 웃어서인지 팔자 주름이 깊어져 있었다. 손으로 입 주변을 쓸어내리며 주름을 폈다.

씻고 나오자마자 다시 휴대폰을 집어 들었다. 소연에게 메시지를 보낼 생각이었다. 이제 먼저 말을 거는 게 자연스러웠다. 얼마 전까지만 해도 영어를 처음 배운 사람처럼 더듬더듬 문장을 만들어 가며 메시지를 보냈는데 말이다. 소연과 제법 사이가 가까워졌다는 생각에 호진의 입가에 만족스러운 미소가 떠올랐다.

[내일 학교 같이 갈래?]

메시지를 보낸 후 답장을 기다리면서 호진은 늘 최악의 상황을 상상했다. 소연이 제 연락을 읽고도 씹거나, 자신을 차단했거나 하는 터무니 없는 망상에 가까웠지만 그렇게 기대감을 바닥까지 내팽개쳐야 마음이 편했다.

[지금은 뭐 해?]

소연에게서 온 답장을 호진은 가까이서 한 번 보고, 휴대폰을 멀리 떨어뜨려서 한 번 더 봤다. 자기가 무슨 말을 했는데 이런 메시지가 왔나 싶어 보낸 메시지를 다시 읽어 보기도 했다. 같이 등교하기 싫어서 딴소리를 하는 것 같다는 생각이 들어 금세 풀이 죽었다.

[그냥 누워 있어. 너는 뭐 해?]

[그럼 지금 산책할래?]

답장을 확인하자마자 호진은 헐레벌떡 옷을 벗었다. 오래 입어 해진 게 영 시답잖아 보여서였다. 과하게 꾸민 느낌이 들지 않으면서도 깔끔하게 입으려다 보니 몇 번이나 갈아입었다. 입어 보고 벗은 옷들이 켜켜이 쌓여 갔다.

그러다 정신이 번쩍 들었다. 아직 소연에게 답장을 하지 않았다. 지금 너희 집 앞으로 가겠다고 보낸 후 서둘러 집을 나섰다. 늦겠다 싶어 달리다가 아차, 하고는 속도를 늦췄다. 샤워까지 했는데 땀 냄새를 풍길 수는 없다. 하지만 소연을 기다리게 만들고 싶지도 않았다. 다시 속도를 올려 빠른 걸음으로 걸었다.

불 꺼진 용자 미용실이 보였다. 뚝. 호진이 발걸음을 멈췄다. 머칠 전 은수와 마주친 장소였다. 주변을 둘러봤다. 지나가는 사람은 없고 가로등 불빛만 어둠을 밝히고 있었다.

호진은 달리기 시작했다. 최대한 밝고 큰길로만 다니며 목적지까지 전력 질주 했다. 소연의 집 앞에 있는 놀이터가 눈에 들어오고 나서야 속도를 줄였다. 최대한 멀끔하게 보이고 싶었는데 온몸은 이미 땀범벅이었다. 심호흡을 해 봤지만 두방망이질하는 심장은 가라앉지 않았다.

"호진아, 무슨 일 있어? 왜 이렇게 땀을 흘려."

먼저 와서 기다리고 있던 소연이 놀라서 물었다. 호진은 숨이 차 제대로 대답도 못 하고 손만 저어 보였다.

둘은 벤치에 나란히 앉았다. 소연이 말없이 고개를 들어 하늘을 올려다봤다. 소연의 옆얼굴을 바라보던 호진도 하늘을 쳐다봤다. 완전히 여름에 접어들었는지 후텁지근한 바람이 불어왔다.

"밤공기 좀 쐬고 싶었어. 잠도 안 오고."

"왜? 무슨 일 있어?"

호진이 걱정 어린 눈으로 물었다.

"생각이 많아서."

말을 마친 소연이 천천히 고개를 돌려 호진을 바라봤다. 이럴 분위기가 아닌 줄 알면서도 소연과 얼굴을 마주하자 심장이 두근거렸다. 불어오는 바람에 살랑거리는 머리칼을 쓸어 넘기는 소연의 모습은 꼭 청량음료 CF 모델 같았다. 가로등 불빛이 번져 주황

색으로 빛나는 얼굴은 단아하기까지 했다.

입을 헤 벌린 채 넋이 나가 있는 호진에게 소연이 옅은 미소를 띠고 말을 이었다.

"종일 애들하고 대화 나누고, 밥도 먹고 했잖아. 오늘 하루가 진짜 행복한 거 있지. 겁이 날 정도로. 그래서 채팅방이 잠잠해지니까 덜컥 무서워졌어. 사막에서 오아시스를 발견한 것처럼 절실했던 순간이었는데, 막상 현실로 다가오니까 신기루처럼 모든 게 사라질까 봐."

호진은 이런 상황에서 어떤 말을 건네야 하는지 잘 몰랐다. 살면서 누군가에게 위로받아 본 적이 없는 탓이었다. 그래서 자신이 섣부르게 내뱉은 말이 소연에게 상처가 될까 봐 최대한 신중하게 말을 골랐다.

"그럴 리 없을 거야, 소연아. 이제 지율이도 있고, 또 그때 본 채린이라는 애도 있잖아."

그러고는 소연의 안색을 살피다 조심스럽게 물었다.

"아, 채린이랑은 어떻게 지내고 있어?"

소연은 시선을 아래로 떨구더니 양발 끝을 부딪치면서 말했다.

"채린이가 나한테 몇 번이나 손을 내밀어 줬는데 잡지 못했어. 예쁘고 당당한 채린이는 늘 빛이 나더라. 그래서인지 옆에 있으면 내가 너무 초라하게 느껴졌어. 다가와 줘서 고마운데 그 친절이 부담스러워서 도망쳤어. 나 참 엉망이지?"

그러고는 씁쓸하게 웃었다.

'아냐, 절대 아니야. 소연아, 너는 빛나는 사람이야.'

호진은 소연에게 이 말을 꼭 해 주고 싶었다. 하지만 오줌이 마려운 사람처럼 안절부절못하면서도 결국 꺼내지 못했다. 대신 일부러 과장된 목소리로 말했다.

"지금 행복하면 됐지."

"맞아. 근데 그래서 무서워. 행복한 순간이 오면 어김없이 고꾸라져 버리더라고. 너도 알다시피 중학교 2학년 때도 그랬고, 3학년 때도 사건이 있었고. 이제는 행복하면 의심부터 들어. 이렇게 행복해도 되는 걸까? 행복하다고 벌 받는 건 아닐까? 원래 이런 성격이 아니었는데, 언제부터 이렇게 망가진 걸까?"

호진은 조금 놀랐다. 소연에게 재작년에도 무슨 일이 있었구나 싶었다. 무슨 사건이었냐고 물으려다 그만두었다. 때로는 가만히 놔두어야 낫는 상처도 있는 법이니까.

소연의 원래 모습은 자신이 더 잘 알고 있다. 소연은 누구에게나 친절하고 상냥해서 항상 친구들에게 둘러싸여 있었다. 늘 미소를 잃지 않았고, 웃을 때면 얼굴에서 빛이 났다. 그래서 학기 초에 소연을 보고 단번에 이상함을 감지했다. 소연은 결코 땅만 보며 걸을 아이가 아니었다.

호진이 움츠린 소연의 어깨를 안쓰럽게 쳐다봤다. 꽉 안아 주고 싶은 마음을 참기 어려웠다. 좋아하는 마음을 넘어서 이제는 소연을 지켜 주고 싶었다. 그래서 결심을 굳혔다. 지금이 아니면 언제 또 용기를 낼 수 있을지 모른다.

소연을 똑바로 바라본 호진은 미간에 힘을 준 채 오랫동안 마음속에 담아 뒀던 말을 꺼냈다.

"소연아, 나랑 사귈래?"

별 하나도 보이지 않는 깊은 밤, 호진의 집 앞 놀이터. 태준은 DCA에 뜬 호진의 꿈 신호를 보고 만족스러운 듯 한쪽 입꼬리를 올렸다. 화면에서 새어 나오는 빛에 반사된 태준의 얼굴이 상아색으로 빛났다.

"준비가 끝났어."

태준이 이를 드러내며 웃었다. 그 말을 들은 지율이 입술을 삐죽 내밀고 투덜거렸다.

"뭐가 끝났다는 거야? 반 여자애들 꼬드겨서 길소연 따돌리게 하고, 내가 가서 친해지라는 게 다였잖아? 나 지원하러 왔으면서 아무것도 안 하고. 괜히 여유 부리다가 재 완치되는 거 아니야?"

호들갑을 떠는 지율을 보고 태준이 코웃음을 치고는 고개를 저었다.

"인간은 말이야, 띄워 주면 욕심을 부리다가 추락해 버리는 존재야. 주제 파악을 못 하거든."

"뭔 소리래."

지율이 뾰로통한 얼굴로 말했다.

"근데 뭐 하나만 묻자. 너, 다른 악몽자 작업할 때랑 느낌이 달라. 대체 길소연이랑 무슨 일이 있었던 거야?"

지율의 물음에 태준은 꼬고 있던 다리를 풀어 반대로 꼬았다. 그리고 아주 오래전 일을 떠올리는 듯 두 눈을 가늘게 떴다.

한지훈, 그러니까 태준의 생전 기억은 보육원에서 시작됐다. 어린 지훈은 자신을 버린, 얼굴도 모르는 부모님의 마음을 헤아리려고 노력했다. 그러나 얼마 가지 않아 그만뒀다. 보육원에는 자기처럼 부모님을 이해하려는 아이들이 없었기 때문이다.

부모님이 필요한 순간은 많았다. 선천적으로 몸이 약한 탓에 더욱 그랬다. 사시사철 감기와 콧물을 달고 살았다. 기침만 하면 다행이었다. 신열이 오를 땐 따듯한 손길이 그리워 서글퍼졌다. 일곱 살 무렵에는 생사를 넘나들 정도의 고열에 시달리기까지 했다. 다행히 열은 보육원 선생님이 준 해열제를 먹고 가라앉았지만, 그 후로 종종 원인 모를 발작을 하게 되었다.

처음 발작한 날은 잊을 수 없을 정도로 끔찍했다. 갑자기 숨이 쉬어지지 않으면서 몸이 굳었다. 제 의지와 상관없이 바닥에 자지러지고 손발이 뒤틀렸다. 보육원 아이들이 지훈을 에워쌌다. 주위가 쑥덕거리는 소리로 차올랐다. 지훈은 도움을 갈구하며 눈에 보이는 발목을 아무렇게나 움켜쥐었다. 그 순간, 발목의 주인인 듯한 여자아이가 울음을 터트렸다. 흐려지는 시야에 그 아이의 얼굴이 보였다. 그러고는 기억이 끊겼다.

눈을 떴을 땐 침대였다. 보육원 선생님들이 안도의 눈빛으로 지훈을 내려다보며 다행이란 소리를 연거푸 내뱉었다. 그러나 지훈의 눈앞에는 공포에 질린 여자아이의 눈빛만이 아른거렸다. 자신이 괴물이 된 것 같았다.

지훈은 언제 또 발작이 일어날지 모른다는 생각에 소극적으로 변해 갔다. 점점 말수를 줄이고 고개를 푹 숙이고 다녔다. 그렇게 해도 초등학생 때는 몇몇 아이들이 끈질기게 귀찮게 굴었다. 하지만 중학교에 가니 그조차 없어졌다. 성숙한 아이일수록 그게 예의라는 듯 지훈을 아예 없는 사람 취급했다.

지훈은 자신의 생각대로 조용히, 숨죽이고 살았다. 그러다가 아주 귀찮은 존재를 만났다. 그게 바로 길소연이었다.

지훈이 보기에 소연은 부모님이 차려 주신 따듯한 밥을 먹고 자란 티가 나는 아이였다. 얼굴에 미소가 붙박이 된 사람처럼 실실 웃고 다녔다. 지훈은 그 가식적인 웃음을 혐오했다. 난 행복하니까 너희에게도 그 행복을 나눠 주겠다는 듯이 베푸는 친절이 가증스러웠다.

소연은 준비물이 없으면 빌려주고, 숙제가 있다며 알려 주고, 이동 수업 때 어디로 가라고 챙겨 주었다. 그럴수록 지훈은 마음을 굳게 닫고 보란 듯이 소연에게 쌀쌀맞게 굴었다. 이유 없이 내미는 손은 없다고 믿었으니까. 보육원에서 아이들에게 없던 친절을 베풀 때는 입양이 확정됐거나, 열여덟 살이 되어 퇴소를 앞두고 있을 때뿐이었다. 게다가 부모란 작자들마저도 자기를 버렸는데, 이런 자신에게 손을 내밀 사람이 세상에 존재할 리 만무하다고 생각했다.

지훈은 누군가의 손길에 기대고 싶을 때면 발작하던 순간을 떠올렸다. 마치 다른 사람에게 기대하면 안 되는 합당한 이유가 거기에 있는 것처럼.

불행하게도 소연의 친절은 이유 없이 공평하고 일정했으며 지속적이었다. 적당히 챙겨 주는 척하다가 슬며시 거리를 두는 다른 아이들과는 달랐다. 1학기 내내 소연이 건네는 친절과 미소는 계속됐다. 결국 지훈이 억지로 쌓아 올린 마음의 벽이 와르르 무너졌다.

균열은 2학기 첫날, 등굣길에서 소연이 지훈의 이름을 부르면서 시작됐다. 혼자 등교하는 게 익숙한 지훈 옆으로 소연이 다가왔다. 방학이 끝나 안 그래도 짜증이 잔뜩 올라 있었는데, 소연은 재잘재잘 떠들면서 계속 귀찮게 굴었다. 그래서 적당히 받아 주고 치울 요량으로 몇 마디 대꾸했는데, 그러다 보니 어느새 자연스럽게 대화가 이어졌다. 학교에 도착한 지훈은 등굣길이 이렇게 짧았나 하고 조금 놀랐다.

그날, 지훈에게 이상한 일이 생겼다. 눈앞에 소연의 미소가 아른거리고 주파수를 맞춘 것처럼 소연의 목소리만 귀에 확확 꽂혔다. 특히 소연의 청량한 웃음소리가 교실에 울려 퍼지면 애써 외면하던 소연의 얼굴을 쳐다볼 수밖에 없었다. 그렇게 아니꼬웠던 미소였는데, 그 미소를 아무 데나 흘리고 다니는 소연을 보고 있자면 속이 부글부글 끓어올랐다. 소연의 미소를 혼자만 보고 싶었다.

그길로 지훈은 소연이 어디 사는지 알아냈다. 전해 줄 게 있다면서 담임에게 물어보니 반색하며 냅다 알려 줬다. 물론 담임은 학급 활동에 소극적인 지훈이 드디어 친구들과 어울리기로 마음먹었나 보다 하고 놀라움과 반가움으로 벅차올라 알려 주었을 뿐이지, 차후에 일어날 일까지는 생각지 못했다.

다음 날, 지훈은 원래 등교 시간보다 한 시간 일찍 나왔다. 소연의 집에 들르려면 보육원에서 학교 정반대 방향으로 갔다가 다시 와야 하는 수고로움이 있었지만, 그건 문제가 되지 않았다.

지훈은 소연의 집 앞에 있는 놀이터로 들어가 숨었다. 소연이 보이면 태연하게 걸어 나와 우연히 만난 척을 할 속셈이었다. 기다린 지 삼십 분쯤 지났을 때, 아파트 정문을 빠져나오는 소연이 보였다.

지훈의 계획은 성공했다. 소연은 지훈을 보고 화들짝 놀라면서도 미소로 반겨 주었다. 이번에도 대화는 술술 이어졌고, 등굣길은 전보다 더 짧게 느껴졌다. 만면에 미소를 머금은 소연을 보며 지훈은 안 된다고 못 박아 두었던 일들의 가능성을 보았다. 하나는 지금 자신이 몸소 느끼고 있듯이 누군가는 이유 없는 친절을 베풀 수도 있다는 것이고, 다른 하나는 자신에게 손을 내미는 사람이 있을 수도 있다는 것이었다.

그 후로 지훈은 매일 소연을 기다렸다. 우연을 가장하지도 않고, 당당하게 그의 집 앞에서 기다렸다. 소연과 함께 등교하기 위해서 학교에 간다고 해도 과언이 아니었다. 손꼽아 기다리던 주말이 이제는 따분해서 견딜 수가 없어졌다. 길어야 삼십 분이 채 안 되는 등굣길이었지만, 그 시간만큼은 소연의 친절과 미소를 온전히 자기만 누릴 수 있었다.

소연이 집을 나서는 시간은 제각각이었다. 하지만 그건 아무런 문제도 되지 않았다. 잠을 줄이고 조금만 더 부지런을 떨면 언젠가는 그가 제 눈앞에 나타났다. 몇 시에 만나자고 약속을 잡을 수도 있었지만 또래들처럼 뻔하게 굴긴 싫었다. 낯간지러워 직접 말로 꺼내진 못했지만, 지훈은 소연에게 언제나 짠 하고 나타날 수 있는 사람이고 싶었다.

하루는 아무리 기다려도 소연이 나오지 않았다. 조금만 더, 조금만 더 하며 기다리던 지훈은 결국 지각을 하고 말았다.

예전의 지훈이었다면 문을 열자마자 쏟아지는 선생과 아이들의 시선을 견딜 바에야 보육원으로 돌아가 버리는 쪽을 택했을 것이다. 그러나 지훈은 달라졌다. 수업이 시작돼 굳게 닫힌 교실 뒷문을 열면서도 그의 머릿속엔 온통 소연의 걱정뿐이었다.

드르륵—.

지훈의 눈이 귀신을 본 것처럼 휘둥그레졌다. 소연이 자리에 앉아 있었다. 분명 소연이었다. 소연은 지훈을 보지 못했는지 칠판에 시선을 고정한 채 수업에 집중하고 있었다. 지훈은 수업을 듣기는커녕 언제, 어디서 소연을 놓친 건지 분석하기 바빴다.

그날 밤, 지훈은 더 빨리 일어나기로 결심했다. 일찍 일어나야 한다는 강박 때문인지 오히려 잠이 오질 않아 두 시가 넘어 잤다. 그런데도 새벽 다섯 시에 눈이 번쩍 떠졌다. 잠을 설친 탓에 피곤했지만, 소연의 얼굴을 보면 피로가 가실 것이기에 힘찬 발걸음으로 소연의 집 앞으로 갔다.

소연은 원래 등교 시간보다 한 시간이나 빨리 나왔다. 그래서 놓친 거였구나. 깨달음을 얻은 지훈이 온화한 얼굴로 소연을 향해 손을 흔들었다. 소연은 일찍 일어나서 피곤한지 힘 빠진 얼굴로 지훈을 맞았다. 지훈은 소연에게 에너지를 불어넣어 주어야겠다는 일념으로 학교로 가는 내내 부지런히 떠들었다.

그런데 그다음 날부터 소연은 등굣길에서 자취를 감췄다. 지훈은 혼란에 빠졌다. 두 시간 가까이 아파트 정문을 지키고 서 있어도 나타나지 않던 소연이 어떻게 매번 자기보다 먼저 교실에 와 있는 건지 의문이었다.

지훈은 평소에 등굣길에서 말고는 소연에게 말을 걸지 않았다.

그렇게 하는 게 소연과의 등굣길을 더욱 은밀하고 짜릿하게 만들어 주었다. 그러나 혼자 등교하는 날이 길어질수록 그 기분을 느낄 수 없게 됐다.

고민 끝에 지훈은 소연이 혼자 있는 순간을 호시탐탐 노리기 시작했다. 기회는 운동장 수업이 있는 체육 시간에 찾아왔다. 주번인 소연은 모든 아이가 교실을 빠져나갈 때까지 기다려야 했다. 일부러 느적느적 몸을 움직여 교실에 마지막까지 남은 지훈이 주변에 아무도 없는 걸 확인하고는 재빨리 소연에게 다가갔다. 그리고 속삭이듯 물었다.

"혹시 이사 갔어?"

소연은 고개를 젓더니 요새 부모님 차를 타고 등교를 한다고 했다. 지훈은 "아, 그래?" 하고 최대한 무심하게 대꾸한 후 아무렇지 않은 척하며 교실 문을 닫고 운동장으로 향했다. 자꾸만 땅이 울렁거려서 몇 번이나 쉬어 가야 했다.

지훈의 생활 리듬은 이미 소연과 함께 등교하는 시간에 맞춰져 있었다. 소연이 학교에 같이 가지 않는다고 해서 쉽게 바꿀 수 없었다. 그래서 매일 쓸데없이 두 시간이나 일찍 일어나 혹시나 냄새가 날까 봐 구석구석 씻고, 집을 나와서는 학교 반대 방향으로 걸었다. 그리고 이유 없이 소연의 집 앞으로 가서 하염없이 기다리다 시간이 되면 다시 학교로 향했다.

혼자 학교로 걸어가는 길은 다시는 발 들이기 싫을 정도로 외롭고 쓸쓸했다. 모든 게 낭비고 허튼짓이었다. 그렇다고 예전으로 돌아가고 싶진 않았다. 기다리다 보면 언젠가는 소연과 함께할 수 있으리란 희망이 있었다.

3주가 지나도 소연의 집으로 향하는 지훈의 발걸음은 계속됐다. 어느덧 공기가 차가워져 아침저녁으로 새하얀 입김이 뿜어져 나왔다. 이제 지훈은 발끝이 시릴 때까지 소연의 집 앞을 서성이면서도 자신이 무얼 기다리고 있는지도 몰랐다.

그래도 괜찮았다. 그렇게 중학교 생활을 마친대도 지훈은 소연에 대한 고마움을 간직할 것이다. 소연이 그를 온전한 남자로 만들어 주었으니까. 소연을 기다리는 순간만큼은 과거의 외로웠던 순간을 다 잊고 오직 한 여자를 기다리는 남자가 될 수 있었다.

그런데 그때, 눈앞에 소연이 나타났다. 지훈은 놀이터로 뛰어 들어가 숨었다. 두 눈을 비비고 다시 봐도 분명 소연이었다. 소연의 집에서 소연이 나오는 건 당연한 건데도 꿈이 현실이 된 것처럼 믿기지 않았다. 학교에서도 매일 보는 얼굴이지만, 등굣길에 만나는 소연은 지훈의 가슴을 사뭇 두근거리게 했다.

'우연히 만난 것처럼 자연스럽게 행동하자.'

마음을 가다듬고 최대한 태연한 척하며 놀이터를 나서던 지훈이 멈칫했다. 소연이 한 남자아이를 향해 걸어가는 게 보였다. 황급히 놀이터로 돌아와서 벤치에 눕듯이 기대어 몸을 숨겼다. 잠깐 봤지만 남자아이는 분명 다른 학교 교복을 입고 있었다. 자신이 다니는 중학교 인근에 있는 호강 중학교 교복이었다.

낯선 인물의 등장은 지훈을 긴장케 했다. 고개만 빼꼼 내밀어 상황을 살펴보니 소연과 남자아이가 도란도란 대화를 나누며 학교 방향으로 걸어가고 있었다. 자신과 함께 걷던 바로 그 길을, 둘이서 걷고 있었다.

지훈이 어금니를 꽉 깨물었다. 뛰어가서 이게 무슨 일이냐고 따져야 하는 건지, 예전처럼 우연을 가장해서 함께 걸어야 하는 건지 판단이 서지 않았다. 속에서 천불이 나고 머릿속은 누군가가 마구 헝클어 놓은 것처럼 복잡해졌다. 결국 지훈은 그들의 단란한 뒷모습을 지켜보기만 했다.

그 후 지훈의 기다림은 잠복근무로 바뀌었다. 아침마다 놀이터에 몸을 숨기고 소연의 동태를 관찰했다. 호강 중학교 남자아이는 2주간이나 소연의 길동무가 되었다. 그놈의 얼굴을 볼 때마다 화가 치밀었지만, 지훈은 주먹을 불끈 쥐고 잘 참아 냈다. 기다리는 건 지훈이 잘할 수 있는 유일한 일이었다.

겨울 방학을 일주일 앞둔 날, 밤새 한바탕 쏟아진 눈으로 소연의 집 앞이 온통 하얘졌다. 이른 새벽, 지훈은 푹신한 눈 위에 첫 발자국을 내며 놀이터로 걸어가 벤치에 쌓인 눈을 소매로 걷어 낸 후 앉았다.

컴컴하던 주위가 밝아지고 얼마 안 있어 소연이 나타났다. 그런데 소연은 혼자 학교로 걸어가기 시작했다. 부모님도, 호강중 교복을 입은 남자아이도 보이지 않았다. 지훈의 얼굴에 천천히 미소가 떠올랐다. 기다림 끝에 드디어 기회가 온 것이다. 지훈은 예전에 소연이 자신에게 그랬듯이 소연의 이름을 불렀다. 소연의 얼굴에도 미소가 피어나길 바라면서.

그러나 소연은 지훈이 원하는 반응을 보이지 않았다. 오히려 지훈의 생각과 정반대로 공포에 질린 사람처럼 사색이 돼서 고래고래 소리를 질렀다.

"왜 나를 쫓아다니는 거야! 제발 그만 쫓아다녀! 무서워서 미치겠어!"

예상치 못한 소연의 행동에 몸이 굳고 호흡이 거칠어졌다. 지훈의 기억은 거기서 끊겼다.

눈을 떴을 땐 병원이었다. 보육원 원장님의 설명으로는 지훈이 발작을 일으키고 그 자리에서 기절했다고 했다. 다행히 누군가의 신고로 119가 바로 출동했고, 덕분에 빠르게 병원으로 이송될 수 있었다고 덧붙였다.

"초등학교 때까지는 뜸했는데 왜 이제 와서 갑자기 발작을 일으켰나 모르겠네."

이상하다는 듯 원장님이 중얼거렸다. 그렇지만 조금만 늦었어도 뇌에 손상이 갔을 거라고 의사 선생님이 말했다며, 기적이라는 말을 되풀이했다.

지훈은 아무 말도 하지 않았다. 차라리 뇌에 손상이 가는 게 나았을지도 모른다고 생각했다. 몸이 불편해질 수도 있었겠지만, 원래 불편한 몸에 조금의 불편함이 더해지는 건 대수로운 일이 아니었다.

정말로 힘든 건 선명하게 떠오르는 불쾌한 기억이 계속 제 머릿속을 더럽힌다는 것이었다. 하얀 눈밭 위에 떠 있던 하얗게 질린 소연의 얼굴, 다른 학교의 교복을 입은 남자아이와 걸어가는 뒷모습, 숨어든 놀이터에 서 있던 헐벗은 나무, 번번이 허탕 치고 홀로 걷던 등굣길…….

지훈의 눈 밑이 파르르 떨렸다.

그 뒤로 지훈은 다시 학교에 갈 수 없었다. 발작이 잦아진 탓이었다. 보육원 원장님은 지훈이라면 다시 일어날 수 있을 거라고 말했다. 글쎄, 지훈은 그러고 싶은 생각이 전혀 없었다. 굳이 살아야 할 이유가 없었다. 소연의 미소에서 잠시 삶의 의미를 찾았으나, 이젠 아무리 떠올려 봐도 그의 일그러진 얼굴만 그려졌다. 지훈은 자신을 억지로 끌고 가던 팽팽한 줄이 툭 끊어져 버렸단 걸 깨달았다.

눈도 뜨기 싫었던 참담함이 사그라들자 점점 머릿속이 맑아졌다. 앞날이 훤히 보일 정도로 머리가 개운하던 날, 지훈은 스스로 목숨을 끊었다.

긴 이야기를 끝까지 들은 지율이 마뜩잖은 얼굴로 태준을 쳐다봤다.

"길소연 꿈에 네가 지원하러 온 게 우연이 아니구나? 분명 다른 드림체이서가 배정됐다고 들었는데 갑자기 네가 와서 의아했는데. 씁, 이거 좀 위험한데."

그러고는 난감한 표정을 하고 고개를 모로 저었다. 태준은 지율의 반응을 무시하고 명령조로 말했다.

"여우미를 다시 불러. 하고 싶은 대로 실컷 하라고 해. 너랑 나는 이제 빠질 때야."

태준은 복수심에 가득 찬 눈으로 빈 벤치를 노려봤다. 벤치에 앉아 한 소녀를 기다리던 소년의 모습이 떠올랐다. 그 위에 비탄에 빠져 일그러진 소연의 얼굴을 그려 보았다. 태준의 입가에 만족스러운 미소가 번졌다. 오래도록 이날을 기다려 왔다. 기다리는 건 그가 잘할 수 있는 유일한 일이었다.

추락

호진은 눈을 뜨자마자 행복감에 젖었다. 이불을 부둥켜안고 김밥 말 듯이 데구루루 굴렀다. 어떻게 이렇게 인생이 아름다울 수 있는지 감격하며 침대에서 몸을 일으켰다.

알람이 울리려면 이십 분이나 남아 있었다. 미리 알람을 끄고 화장실로 향해 평소보다 구석구석, 오래도록 씻고 나왔다. 먹지 않던 아침까지 차려 먹었다. 그리고 떨리는 마음으로 시계를 봤다. 여유란 여유는 다 부렸는데도 삼십 분이나 시간이 떴다. 결국 도저히 안 되겠다 싶어 가방을 둘러메고 집을 나섰다.

이른 시간인데도 해가 벌써 떠 있었다. 거리는 출근하는 사람들로 붐볐다. 그 사이를 비집고 지나가며 호진은 자신이 마치 세상의 주인공이 된 것처럼 거리를 누볐다. 그렇게 단숨에 소연의 집 앞에 도착했다.

호진이 사귀자고 했을 때, 소연은 거절했다. 호진과 사귀면 과거의 상처가 되살아날 것 같다는 게 이유였다. 하지만 호진은 물러서지 않았다. 몇 년간 감정을 숨겨 오다가 처음으로 낸 용기였다. 지금이 아니면 더 이상 기회가 없을 게 분명했기에 함께 이겨내자고 침까지 튀겨 가며 소연을 설득했다.

호진의 끈질긴 구애는 소연을 집까지 바래다주는 내내 계속됐다. 하지만 아파트 정문에 다다를 때까지도 소연은 강경하기만 했다. 결국 호진은 눈물과 콧물로 뒤범벅돼서 엉망인 얼굴로 "널 지켜 주고 싶단 말이야!" 하고 소리쳤다. 그러고는 이제 다 끝났다는 생각에 물기 가득한 눈으로 소연을 바라봤다. 소연의 눈동자가 흔들리고 있었다. 호진은 소매로 눈물을 훔치고 떨리는 목소리로 다시 한번 말했다. "널 지켜 주고 싶어"라고.

이십 분쯤 기다리자, 아파트 정문을 나서는 소연이 보였다. 호진이 손을 흔들었다. 소연도 똑같이 손을 흔들며 호진의 곁으로 다가왔다.

"오랜만이다, 같이 학교 가는 거."

호진은 비어져 나오는 미소를 애써 감추며 말했다.

이 년 전, 호진이 학원을 그만두고 얼마 안 있어 소연에게 연락이 왔다. 등교를 같이해 줄 수 있느냐는 부탁에 호진은 이유도 묻지 않고 알겠다고 답했다. 덤덤한 척 전화를 끊고는 가만히 놓여 있는 베개를 괜히 퍽퍽 때렸다. 그날, 자꾸만 붕붕 뜨는 기분에 호진은 잠을 설쳤다.

소연과 함께 등교한 건 불과 2주였지만, 감격에 겨울 정도로 행복한 시간이었다. 그래서 겨울 방학을 앞두고 소연이 이제 같이 학교에 가 주지 않아도 된다고 말했을 때, 호진은 인생에 불행만 남은 기분이 들었다.

"그러게. 이 년만인가? 그때 같이 가 줘서 정말 고마웠어. 누구라도 옆에 있어 줬으면 했거든."

소연은 고마움을 표하려는 의도로 말했겠지만, 호진에게는 꼭 자신이 아니어도 괜찮았다는 말로 들려서 서운함이 뾰족 튀어나왔다. 하지만 금세 아무렴 어떠냐, 하면서 웃어넘길 수 있었다. 지금 소연은 자기 옆에 있으니까.

"원래는 엄마가 같이 가 줬는데, 근무 시간이 바뀌어서 그러실 수가 없으셨거든."

"그랬구나."

호진이 짧은 대답으로 대화를 마무리했다. 이제 과거의 일은 아무것도 중요하지 않았다. 소연과 앞으로 함께 만들 추억만 생각하기로 했다.

어색한 침묵이 맴돌았다. 호진은 연인 사이에 할 수 있는 낯간지러운 말과 행동을 떠올렸지만, 결국 아무것도 하지 못하고 학교에 도착했다.

학교 본관으로 들어가 4층으로 올라가는 층계참에서 소연과 작별 인사를 했다. 10반까지 바래다주고 싶었지만 둘의 사이가 알려지는 건 아직 부담스러웠다. 호진은 아쉬움을 뒤로하고 자기 반으로 들어갔다. 이른 시간이라 교실에는 아무도 없었다. 한숨 잘까 싶어 책상에 엎드렸지만, 자꾸 입가가 씰룩거리고 등줄기가 간지러워 도통 잠이 오지 않았다.

조회가 끝나고 호진은 태준에게 갔다. 어서 빨리 이 기쁜 소식을 전하고 싶었다. 태준은 자기 자리에서 다른 아이들과 이야기를 나누고 있었다. 호진은 자신의 이야기를 동네방네 소문내고 싶지는 않았다. 그래서 태준의 어깨를 톡톡 친 후 조용히 물었다.

"태준아, 매점 갈래?"

그런데 태준이 눈만 치켜떠 호진을 보더니 "아니" 하고는 자리를 떠 버렸다. 평소의 사근사근함은 찾아볼 수 없는 냉담한 태도였다. 영문을 몰라 멀뚱히 서 있던 호진은 옆에 앉아 있는 무혁과 눈이 마주치자 급하게 시선을 돌리고 자리로 돌아갔다.

호진은 쉬는 시간마다 태준에게 갔다. 매번 찾아오던 태준이 오질 않으니 호진이 갈 수밖에 없었다. 하지만 가도 말을 섞지는 못했다. 말을 걸면 태준은 단답형으로 대답하고는 다른 친구들과 어울렸다. 하루 사이에 다른 사람이 된 것 같았다. 그의 차가운 눈빛이 호진을 안절부절못하게 했다.

태준의 뒤꽁무니를 졸졸 쫓아다니며 말을 걸 기회를 엿보던 호진은 결국 점심시간이 되어서야 다가가기를 포기했다. 식판을 든 태준이 향한 식탁에 호진으로서는 말 한번 붙이기도 어려운, 학교에서 이름이 꽤 알려진 아이들이 모여 있었던 것이다. 먼발치에서 그 모습을 본 호진은 태준과 자기 사이에 보이지 않는 벽이 생겼다는 것을 느꼈다.

결국 혼자 점심을 먹은 후, 호진은 소연의 반으로 가 교실 뒷문을 기웃대며 소연을 찾았다. 소연은 친구들과 함께였다. 학기 초에 무혁과 왔을 때 소연 옆에 있던 아이들이었다. 아쉬운 대로 지율을 찾아보았지만, 지율은 다른 친구들과 떠드느라 바빠 보였다.

호진은 터벅터벅 반으로 돌아와 귀에 이어폰을 꽂았다. 꽤 예전에 재생 목록에 담아 둔 노래가 흘러나왔다. 최근에는 노래를 안 들어서 목록을 바꿀 일이 없었다. 좋아하던 밴드였는데 오늘따라 잉잉대는 기타 소리가 신경을 긁었다. 짜증이 나 신경질적으로 노래를 꺼 버리고는 이어폰을 아무렇게나 내팽개쳤다.

멍한 표정으로 창밖을 바라봤다. 산등선이 선명하게 보일 정도로 날이 화창했다. 줄지어 심긴 은행나무의 푸른 잎이 바람에 살랑살랑 흔들렸다. 운동장에서 뛰노는 아이들의 표정이 밝았다. 자기 말고는 모두가 평화로워 보였다.

호진은 책상에 엎드렸다. 고공 행진하던 감정이 반나절 만에 땅으로 곤두박질치고 있었다. 변한 건 친구의 태도 하나뿐이었다. 고작 그것뿐인데, 채워져 있던 것이 빠져나가면서 생겨난 공허함이 마음을 시리게 했다.

그래, 이게 원래 김호진이지. 호진은 자조했다. 깔깔대고 으스대는 건 자기 역할이 아니었다. 책상에 고개를 처박고, 귀는 이어폰으로 틀어막고, 스스로 자존감이나 깎아 먹는 거야말로 자신다운 행동이었다.

모든 수업이 끝날 때까지 호진을 찾는 이는 없었다. 말 한마디 내뱉지 않은 하루는 끝없이 이어지는 게 아닌가 싶을 정도로 길게 느껴졌다.

방과 후에 소연에게 전화를 걸었지만, 연결이 되지 않았다. 10반에 가 볼까 했으나 부담을 주는 것 같아 그만두고 그냥 운동장 벤치에 앉아 하염없이 소연을 기다렸다. 삼삼오오 무리 지은 아이들이 재잘거리며 학교를 빠져나갔다. 운동장에서 축구를 하던 아이들도 뿔뿔이 흩어졌다. 소란스럽던 학교가 고요해졌다.

기다리기를 포기하고 일어서려는데 중앙 현관을 나오는 소연이 보였다. 호진은 당장 달려가 말을 걸었다.

"소연아, 전화했었는데."

소스라치게 놀라며 뒤돌아본 소연이 호진임을 확인하고는 안도하더니 이내 얼굴에 그늘을 드리웠다.

"무슨 일 있었어?"

호진이 묻자 소연은 힘없이 고개를 가로젓고는 땅만 보고 걸었다. 학기 초에 본 모습과 똑 닮아 있었다.

학교 정문에 다다랐을 때, 소연이 울먹이는 목소리로 말했다.

"호진아, 우리 사귀는 거, 없던 일로 하면 안 될까?"

"왜 그래……."

호진은 울음이 터질 듯한 얼굴로 소연을 바라봤다. 소연의 눈에도 물기가 가득했다.

"난 행복해지면 안 돼. 행복해지려고 하니까 또 벌 받잖아."

호진의 발걸음이 멈췄다. 오늘 태준과의 일이 없었다면 아마 납득도 못 하면서 괜히 덤덤한 척하며 소연을 보냈을 것이다. 하지만 더 이상은 젠체할 여유가 없었다. 소연마저 놓친다면 자신의 기분은 땅바닥이 아니라 나락으로 떨어질 게 분명했다. 그래서 소연의 팔목을 잡고, 앉아서 이야기 좀 나누자며 등나무 아래에 놓인 벤치로 소연을 이끌었다.

소연은 자리에 앉자마자 서럽게 울기 시작했다. 호진은 어떻게 위로해야 할지 몰라 허둥대다 제 입에서 무슨 말이 튀어나오는지도 모르고 성마르게 떠들었다.

"사실 오늘 점심 먹고 너희 반에 갔었어. 아, 맞다, 오늘은 태준이랑 밥 안 먹었어. 나만 그렇게 느낀 건지 모르겠는데, 태준이가 나를 피하는 거 같았어."

호진이 마구 엉켜서 나오는 문장을 하나씩 힘겹게 내뱉었다.

"아무튼 혼자 밥을 먹고 너희 반에 갔는데 네가 친구들이랑 있더라고. 지율이도 다른 친구들이랑 있고. 그래서 그냥 우리 반으로 내려왔는데 너무 공허한 거 있지. 예전에 네가 말한 것처럼, 지금까지 같이 어울리던 시간이 신기루 같았어. 그래서 내가 하고 싶은 말은…… 너라도 내 곁에 있어 줬으면 좋겠어."

말을 마친 호진이 소연의 얼굴을 살폈다. 소연은 입을 굳게 다물고 있었다. 무서울 정도로 심각해진 소연의 표정에 호진은 숨을 죽였다.

"지율이도 그랬어."

"응?"

예상치 못한 짧은 한마디에 호진이 반문했다. 소연이 중얼거리듯 말했다.

"지율이도 오늘 갑자기 나한테 차갑게 굴었어. 내가 알던 애가 맞나 싶을 정도로. 그러고는 우미하고 혜진이랑 어울렸어."

"누구?"

"아까 내 옆에 있었다는 애들. 걔네, 내 친구 아니야."

소연은 숨을 깊게 들이마시고 길게 내뿜었다.

"나는 반에서 따돌림을 당하고 있어."

소연의 이야기는 작년으로 거슬러 올라갔다.

중학교 3학년 때 겪은 사건 때문에 소연은 누군가와 말을 나누고 정을 쌓는 게 두려워졌다. 그래서 고등학교에 올라와서는 죽은 사람처럼 조용히 지냈다. 반 아이들이 손을 내밀면 겁을 먹고 더 깊은 동굴로 숨어 버렸다.

그렇게 책만 읽으며 일 년을 보냈다. 그 시간은 쓰디썼지만, 다행히 다시 일어설 용기를 얻는 자양분이 되었다. 그때쯤, 어디선가 '아무것도 하지 않으면 아무 일도 일어나지 않는다'라는 글귀를 읽었다. 소연은 변하고 싶었다. 기지개를 켜고 세상에 다시 나가기로 마음먹었다.

2학년이 되고, 다행히 먼저 말을 걸어 주는 아이가 있었다. 바로 우미였다. 진급하면서 유일하게 같은 반이 된 아이. 소연은 그간의 시간을 보상받듯 마음을 활짝 열고 우미에게 다가갔다.

그러나 얼마 안 있어 소연은 우미가 자신과 분명히 다른 성향의 사람이라는 걸 알았다. 소연이 느끼기에 우미에게는 친구보다는 전우가 필요한 듯 보였다. 우미는 개인보다 우리를 중시했다. 등하교는 물론 화장실 가는 것, 밥 먹는 것까지 함께하길 요구했다. 둘 사이에 제삼자가 침입하는 건 절대 허용하지 않았다. 그래도 그런 건 또래 여자아이들 사이에서 흔한 일이니 이해가 됐다. 정말 힘든 건 따로 있었으니까.

우미는 꼭 자기 눈에 거슬리는 애의 뒷담화를 하며 적대감을 드러내야 직성이 풀리는 성격이었다. 그렇게 해야 서로의 유대감이 공고해진다고 믿는 모양이었다. 소연은 잠자코 들어줄 뿐, 욕을 보태지는 않았다. 그러자 우미는 왜 적극적으로 자기 편을 들지 않느냐고 서운해했다. 하지만 소연은 그것만큼은 동참하고 싶지 않았다.

한 달이 지났을 무렵, 우미가 새로운 전우를 구했다. 영혜진이라는 아이였다. 그 후로 우미는 더 이상 소연을 찾지 않았다. 우미와 지내느라 소연은 반의 어느 그룹에도 속하지 못했다. 그래서 우미가 소연을 배신자 취급하며 괴롭히기 시작했을 때, 아무도 나서서 도와주지 않았다. 소연은 고립되었다.

소연은 전혀 모르고 있지만, 사실 이들 사이를 이간질한 건 지율이었다. 지율은 소연이 중학교 3학년일 때 소연의 드림체이서가 되었다. 그런데 고등학교 1학년 말까지 신나게 악몽을 꾸던 소연의 꿈 신호가 언젠가부터 밝아졌다. 드림캐처가 배정된 것도 아니고, 특별히 좋은 일이 있는 것도 아니었는데 말이다.

악몽자의 상태가 이유 없이 호전되자 지율은 약이 올랐다. 그때 때마침 한태준이 나타났다. 그의 목표는 지율의 목표와 같았다. 소연이 악몽에서 헤어 나올 수 없게 만드는 것.

둘은 우미와 혜진을 이용하기로 했다. 지율은 드림체이서가 된 후 인간들의 인간관계를 손쉽게 파악할 수 있게 되었다. 생전에 지율을 죽음으로 내몬 게 친구들과의 관계였으니 아이러니했다. 지율의 눈에는 인간이 인간에게 내뿜는 호오(好惡)가 에너지 장처럼 보였다. 우미는 소연을 향해 보랏빛 파장을 뿜었다. 보랏빛은 살짝 미워하는 정도에 불과했다. 혜진은 소연에게 아무런 악감정이 없었다. 이 정도로는 소연을 괴롭힐 수 없었다. 그래서 도화선에 불을 좀 댕기기로 했다.

우선 우미에게 접근해 우미가 혜진과 뒷담화를 할 때 소연의 이름을 몇 번 언급했다. 그리고 그들이 마음껏 넋두리할 수 있는 장을 SNS에 열어 두었다.

그 뒤론 일사천리였다. 단세포처럼 단순한 둘은 죽음을 두려워하지 않는 장군이 된 양 진두에 서서 소연을 괴롭히기 시작했다. 우스운 건 그러면서 우미와 혜진의 에너지 장이 더욱 짙어져 검은빛을 띠게 됐다는 것이다. 검은색은 부모를 죽인 원수에게나 내뿜을 수 있는 색인데 말이다.

그때부터 소연은 영문도 모른 채 계속 괴롭힘을 당해야 했다. 오늘도 그들의 청소를 대신하느라 늦었다고 했다.

호진은 애써 무표정을 유지했지만, 속으로는 적잖이 놀랐다. 호진이 아는 소연은 누구에게 미움을 살 아이가 아니었다. 그런데 따돌림이라니. 그건 소연에게 어울리는 단어가 아니다.

호진이 아랫입술을 깨물고는 떨리는 목소리로 말했다.

"소연아, 보잘것없는 나지만, 내가 곁에 있을게. 네게 의지가 되도록 노력할게. 그러니까 사귀는 거 없던 일로 하자는 말은 하지 말아 줘."

소연이 고개를 들어 눈물이 가득 담긴 눈으로 호진을 바라봤다. 소연과 눈이 마주친 호진은 자신의 존재가 소연에게 하나도 힘이 되지 않는다는 걸 본능적으로 깨달았다.

소연을 바래다주고 집으로 가는 길, 호진은 걸으면서 교복 셔츠를 벗었다. 하도 입어 목이 쭈글쭈글해진 색 바랜 면티가 드러났지만 지금은 그런 걸 신경 쓸 겨를이 없었다. 몸에서 열이 나서 참기가 힘들었다.

소연과는 일단 다시 사귀기로 했다. 좋아서 날뛰어야 할 일인데, 어째서인지 자꾸만 화가 났다. 아무리 생각해도 소연과 자신이 친구들로부터 냉대당할 이유가 없었다. 호진은 어금니를 악물었다. 분했다. 그리고 억울했다.

씩씩대며 걷다 눈에 들어오는 누군가의 모습에 걸음을 멈췄다. 아파트 입구에 태준이 서 있었다. 무시하고 지나치려는데 태준이 말을 걸어왔다.

"그동안 재밌었지?"

신경질적으로 고개를 돌리자 웃고 있는 태준이 보였다. 은수가 호진에게 종종 보이던, 조롱과 경멸이 담긴 웃음이었다.

"왜 그랬어, 대체?"

화를 억누르느라 목소리가 떨렸다. 태준은 재밌다는 듯 계속 웃기만 했다. 호진이 악을 썼다.

"왜 나를 못살게 구는 거야? 내가 무슨 잘못을 했다고! 난 가만히 있었잖아!"

"너도 누군가를 내친 적 있잖아? 눈물로 애원했는데도."

호진은 악마를 본 것처럼 겁에 질렸다. 태준이 다 알고 있는 건가? 말도 안 돼……. 그러다 고개를 저었다. 그럴 리가 없다. 아무에게도 말을 꺼낸 적이 없다. 하물며 부모님께도.

이 애와 더 이상 마주하면 안 된다. 무시하고 집에 들어가야 한다. 호진의 머릿속에서 계속해서 경종이 울렸다. 하지만 온몸이 굳어 발이 떨어지지 않았다.

"근데 너는 왜 세상이 너를 받아 줄 거라고 착각하는 거야?"

태준이 한심하단 듯 혀를 찼다.

"친절하게 웃으면서 다가가 주니까 네가 꽤 괜찮은 사람이 된 것 같고 그랬지? 착각하지 마. 넌 그냥 고양이한테 던져진 공 같은 신세였던 거야. 적당히 가지고 놀다가 질리면 버려지는 공."

잔인한 말을 내뱉고 뒤돌아 가려던 태준이 무언가 생각난 듯이 발길을 멈췄다.

"그래도 넌 네 역할을 충분히 했어. 덕분에 일이 수월하게 풀리겠어."

그러고는 가소롭다는 듯 끅끅대며 웃으며 호진을 지나쳐 걸어갔다.

태준의 모습이 시야에서 완전히 사라지고 나서야, 호진은 주술이 풀린 듯 자리에 주저앉아 버렸다.

DCA에서 긴급 신호가 울렸다. 무혁은 제 눈을 의심했다. 호진의 꿈 신호가 검은색으로 깜빡였다. 이렇게 급변하는 경우는 드물었다. 접속 버튼을 누르려던 무혁은 주춤했다. 태준의 옆에서 활짝 웃는 호진과 자신의 손길을 뿌리치고 돌아서던 호진의 뒷모습이 번갈아 떠올랐다. DCA에 올린 손을 뗐다. 그러다 소스라치게 놀랐다. 방금 악귀 퇴치를 망설였다. 악몽자에게 감정 이입이라도 했단 말인가. 드림캐처가 된 이후 한 번도 없었던 일이다.

'할 일은 해야 하는 거야.'

무혁은 자신을 다독이며 접속 버튼을 눌렀다.

호진의 꿈은 칠흑같이 어둡고 후회의 늪으로 가득 차 있었다. 늪에 발이 빠져서 앞으로 나아가기 힘들었다. 무혁은 이마에서 뚝뚝 떨어지는 땀을 닦았다. 이대로는 악귀를 만나기도 전에 지쳐 쓰러질 것 같았다. DCA를 꺼내 채린에게 지원을 요청했다.

채린은 오자마자 제 역할을 눈치챘는지 등에 메고 있던 검을 뽑아 들고 발에 들러붙는 링거링을 베어 내면서 길을 열었다. 무혁과 채린은 느린 속도로 앞으로 나아갔다.

"아……."

전방에 보이는 물체를 보고 무혁이 탄식을 내뱉었다. 그러고는 옆에 선 채린을 쳐다봤다. 채린의 얼굴은 벌써 호기심으로 물들어 있었다.

검게 빛나는 호진의 꿈 신호기 옆에 리콜렉트가 있었다. 링거링에 정신이 팔려 리콜렉트를 잊고 말았다. 무혁은 채린이 과거를 보기 전에 저 악귀를 박살 내 버려야겠다고 마음먹었다. 이 상황에서 채린까지 실의에 빠지면 감당할 자신이 없었다. 그러나 채린은 무서운 속도로 앞서갔다. 따라가려고 했지만 링거링이 재생되며 무혁의 발목을 잡았다.

겨우 링거링을 헤치고 채린에게 갔을 땐 이미 일이 벌어진 후였다. 리콜렉트 앞에 가만히 서 있던 채린이 무혁을 보고 아리송한 미소를 지었다. 무혁이 걱정스러운 얼굴로 채린을 바라보자 채린은 한쪽 입꼬리만 올려 피식 웃었다.

“별거 없는데? 나는 외모가 마음에 안 들어서 성형을 했었나 봐. 근데 마음에 안 들어서 또 하고, 또 하고. 그러다가 성형 부작용이 났고, 우울하게 살다가, 끝.”

채린이 별일 아니란 듯 어깨를 으쓱해 보였다. 그러나 입 주변 근육이 미세하게 떨리는 게 보였다. 무혁은 말없이 채린을 안고 등을 토닥였다. 채린은 잠시 숨을 고르더니, 이내 두 손으로 무혁의 가슴팍을 밀쳤다.

“뭐야? 난 괜찮아. 지금 잘 살고 있거든. 드림캐처로 사는 거 진짜 재밌어.”

그러고는 눈을 찡긋하며 웃었다. 무혁도 걱정을 거두고 채린을 따라 피식 웃었다.

“이제 네 차례야. 도망치지 마.”

채린이 무혁의 팔을 잡아당겨 몸을 돌렸다. 무혁은 리콜렉트와 마주 섰다. 거울에서 영상이 흘러나왔다.

교실에 교복 입은 아이들이 웅성대며 모여 있다. 중학생 정도 되는지 아이들의 얼굴이 앳되다.

두 학생이 싸우고 있다. 한 아이는 바닥에 깔려 있고, 다른 아이는 그 아이 위에 올라타 주먹을 마구 휘두르고 있다. 바닥에 깔린 아이는 날아오는 주먹을 양팔로 막기만 할 뿐 대응하지 않는다. 그때 누군가가 외친다.

"코피 난다!"

"끝났네! 김호진이 이겼어!"

함성과 응원 소리가 한데 섞여 교실이 시끌시끌하다.

승자가 씩씩대며 자리에서 일어나 바닥에 누워 있는 아이를 흘낏 쳐다보고 이를 악문다. 누워 있는 아이는 코에서 뜨거운 것이 흐르는 걸 알면서도 그냥 내버려둔 채 한쪽 팔로 눈을 가린다. 눈물이 옆얼굴을 타고 주르륵 흐른다.

영상을 보던 무혁은 고개를 갸우뚱하더니 채린에게 말했다.

"이거 호진이가 꾸던 꿈인데?"

영상을 보지 못한 채린도 이상하단 듯 두 눈썹을 들썩였다.

그사이 영상이 바뀌었다.

벽이 쫙쫙 갈라져 있는 오래된 아파트 앞. 두 중학생이 대화를 나누고 있다. 교복에 달린 명찰이 보인다. 한 아이의 이름은 김호진, 그리고 다른 아이의 이름은 정무혁. 둘의 교복이 걸레처럼 너

저분하다.

어린 무혁이 말한다.

"우리 둘이 싸울 게 아니고 같이 힘을 합쳐서 싸우자."

"웃기는 소리 하지 마. 그러면 진은수네 무리를 이길 수 있을 거 같아? 싸움도 못 하는 너랑 내가 힘을 합친다고 뭐가 달라져?"

호진이 소리친다. 그러자 무혁이 결연한 목소리로 답한다.

"그래. 나도 무서워. 그런데 호진아, 나는 진은수가 괴롭히는 것보다 네가 나를 모른 척하는 게 더 무서워."

"난 아니야. 나는 이제 벗어나서 홀가분해."

"그래서 있는 힘을 다해서 싸운 거야? 진은수가 싸워서 이긴 애는 노예에서 풀어 준다고 해서?"

무혁의 눈에 눈물이 그렁그렁하다. 호진은 입을 앙다문 채 고개를 돌려 버린다. 무혁이 애원하듯이 말한다.

"알겠어. 학교에서는 모른 척해. 그래도 학원에서는 원래처럼 지낼 수 있지? 소연이랑도 같이 잘 지냈잖아."

호진이 잠시 침묵하다 입을 연다.

"학원에도 우리 학교 애들 있잖아. 계속 모른 척해 줘."

그러고는 뒤돌아선다. 무혁이 손을 뻗어 보지만 호진은 단호한 발걸음으로 아파트로 들어간다.

영상이 끝나자 거센 구토증이 일었다. 리콜렉트를 붙잡은 손이 바들바들 떨렸다. 채린이 무혁의 어깨에 손을 올렸지만 무혁은 거칠게 밀어냈다.

영상이 다시 바뀌었다.

어린 무혁이 계속해서 계단을 오른다. 한 층 한 층 오를수록 발걸음이 점점 느려진다. 결국 층계참에서 쪼그리고 앉아 한참을 울다가 비틀대며 다시 계단을 오른다. 굳게 닫힌 철문을 연다. 옥상이 눈앞에 펼쳐진다. 아이는 또 한 번 주저앉아 운다.

영상을 보던 무혁이 주먹을 휘둘러 리콜렉트를 부숴 버렸다. 리콜렉트는 순식간에 가루가 되어 사라졌다.

무혁은 가슴을 움켜쥔 채 바닥에 주저앉았다. 호흡이 너무 가빠서 숨이 잘 쉬어지지 않았다. 채린이 뭐라 뭐라 소리쳤지만 들리지 않았다.

진실과 마주할 용기

채린은 교실 한편을 노려봤다. 여우미와 영혜진이 소연을 둘러싸고 있었다. 소연은 다시 예전처럼 죽상을 하고 있었다. 지율을 찾아 보니 다른 여자애들 무리와 떠들고 있었다. 곁눈으로 소연을 보고도 모르는 척하는 게 눈에 보였다.

자리에서 일어서려던 채린은 다시 앉아 한숨을 내쉬고는 고개를 돌려 버렸다. 소연이 신경 쓰였지만 애써 돕고 싶지 않았다.

무혁은 학교에 오지 않았다. 호진의 꿈에서 나온 뒤로 무혁은 몇 번이나 토악질했다. 채린은 괴로워하는 무혁을 집으로 데리고 가 겨우 침대에 눕혔다. 그리고 급하게 달려온 상덕과 함께 무혁의 옆을 지켰다. 무혁은 땀을 뻘뻘 흘리며 밤새 끙끙댔다.

동이 틀 때쯤 겨우 눈을 뜬 무혁이 쉰 목소리로 자신이 본 영상에 대해 말해 주었다. 어린 무혁이 주저앉아 우는 모습이 눈앞에 아른거려 채린은 눈을 질끈 감았다. 가슴속에서 천불이 났다.

중학생 때 호진과 알고 지낸 소연이 생전 무혁의 일을 모를 리 없다. 그렇게 생각하자 소연마저 좋게 보이지 않았다.

그러나 소연의 모습이 자꾸만 시야에 걸렸다. 우미가 소연의 뺨을 툭툭 치고 있었다. 소연은 마네킹처럼 멀뚱히 서 있을 뿐, 대꾸할 힘조차 없어 보였다. 소연을 돕는 아이는 아무도 없었다. 반 아이들은 원래 그랬다는 듯이 평온했다. 자기가 우미의 표적이 아니라는 데 안도하는 것처럼 느껴지기까지 했다.

채린은 손톱으로 눈썹을 긁적였다. 이런 상황을 보고도 모른 척하는 건 자신의 성정과 맞지 않았다. 에이, 씨. 욕지거리를 내뱉고는 결국 자리에서 벌떡 일어섰다.

"야!"

웅성대던 교실이 쥐 죽은 듯 조용해졌다. 채린이 부서질 듯 거세게 주먹을 움켜쥐고 우미에게 성큼성큼 다가갔다.

"내가 경고했지. 소연이 건드리지 말라고. 죽여 버린다고."

채린의 목소리는 어느 때보다 낮고 차가웠다. 눈빛에는 살기가 가득했다. 뻔대 보려던 우미는 채린이 가까이 가자 뒤로 주춤주춤 물러나다 책상에 발이 걸려 바닥에 주저앉고 말았다. 채린은 우미의 발치에 가서 허리를 숙였다. 축 늘어진 금발이 겁에 질린 아이의 얼굴을 가렸다. 채린이 이를 악문 채 우미의 귀에 대고 경고했다.

"또 한 번 소연이 건드리면, 예쁜 네 얼굴 박살 내 버릴 거야. 내 눈앞에서 꺼져."

겁에 질린 우미가 오들오들 떨며 교실을 뛰쳐나갔다.

채린은 자리에서 일어나 떨고 있는 소연을 복도로 끌고 나갔다. 등 뒤에서 조그맣게 "고마워" 하는 소리가 들렸다. 몸을 돌려 소연을 바라봤다.

"연락하라니까 연락도 안 하고."

소연이 죄인처럼 고개를 푹 숙였다. 채린은 굳은 얼굴로 말을 이었다.

"네가 좋아서 도운 거 아냐. 내 친구 때문이지."

소연은 말이 없었다. 답답해진 채린이 소리쳤다.

"너 곧 죽을 거야? 왜 죽을 사람처럼 굴고 있어? 살아! 당당하게 살란 말이야! 네 목숨값만큼 살라고!"

그러고는 교실 뒷문을 열어젖혔다. 쑥덕이던 아이들이 입을 다물었다. 채린은 반 아이들을 향해 소리쳤다.

"뭘 꼬나봐, 새끼들아! 아무 죄도 없는 애가 괴롭힘당하는데 도와주지도 않고 숨는 새끼들이."

채린은 눈에 보이는 애들을 다 한 대씩 쥐어 패고 싶었다. 성질 같아선 그러고도 남지만, 그랬다간 드림캐처 생활도 끝이었다. 인간에게 물리적 피해를 입히지 않으면서 다시는 기어오르지 못하게 강력하게 협박하는 것. 그 정도가 드림캐처로서 할 수 있는 최선이었다. 물론 이것도 드림캐처 본부에 들키지 않을 정도로만 해야 했지만.

무혁이 몸을 일으켰다. 얻어맞은 것처럼 가슴께가 욱신거렸다. 채린과 상덕에게 몸을 의탁한 채 집에 들어와 밤새 토한 기억이 조각조각 떠올랐다. 어제 일을 떠올리자 또다시 욕지기가 일었다. 입을 틀어막고 화장실로 달려갔다. 하지만 먹은 것이 없어 아무것도 나오지 않았다.

물을 한 잔 떠 식탁 의자에 앉아 초점 잃은 눈으로 창밖을 바라봤다. 창틈 사이로 오후의 햇살이 쏟아져 들어오고 있었다.

방으로 들어와 휴대폰을 확인했다. 담임에게서 여러 차례 전화가 걸려 와 있었다. 휴대폰을 내려놓고 옆에 놓아둔 DCA를 켰다. 상덕과 채린에게 일어나면 연락 달라는 메시지가 와 있었다.

두 기계를 나란히 놓고 무혁은 책상에 팔을 베고 엎드렸다. 눈을 감자 리콜렉트를 통해 본 영상이 생생하게 떠올랐다. 텅 비어 있던 가슴에서 불기둥처럼 뜨거운 것이 마구 솟구쳤다.

현정이 말한 가해 학생은 진은수였다. 진은수는 자신과 호진을 노예처럼 부린 것도 모자라, 서로 싸움을 붙였다. 호진을 괴롭히면서 낄낄대던 진은수의 얼굴이 떠올랐다. 그 얼굴로 어린 무혁도 괴롭혔겠지. 진은수의 면상을 무참히 짓이겨 놓고 싶은 마음이 거세게 일었다.

어린 호진의 행동도 떠올랐다. 그런 짓을 해 놓고 호진은 무혁을 냉랭하게 바라보며 이렇게 말했다.

'나 같은 게 웃고 떠드는 게 못마땅해? 난 좀 편해지면 안 돼? 삼 년이 지났어. 이젠 좀 잊고 살아도 되잖아. 언제까지 죄인처럼 살길 바라는 거야, 대체!'

호진은 죄책감을 느끼면서도 그 일에서 벗어나려고 발버둥 치고 있었다. 무혁이 코웃음을 쳤다.

'너 때문에 죄 없는 아이는 애꿎은 목숨을 버렸어. 편해지길 바라다니, 가당치도 않지. 평생 죄인처럼 살며 악몽에 시달려도 모자란데.'

순간 무혁은 놀라서 손으로 입을 틀어막았다. 자신이 이렇게 악독한 생각을 했다는 것에 충격을 받아서다. 적어도 드림캐처라면 이런 마음을 먹으면 안 됐다.

그러나 층계참에 쪼그리고 앉아 울던 어린 무혁이 눈앞에 그려졌다. 가느다란 팔목으로 연신 눈물을 훔쳐 내며 그 어린아이는 무슨 생각을 했을까? 정말 죽고 싶었을까? 누군가가 자기를 잡아 주기를 바란 건 아니었을까?

한 번 물꼬가 트인 물음은 계속 이어졌다. 호진은 어린 무혁의 코피를 터트리며 안도했을까? 괴롭힘에서 벗어날 수 있어서 홀가분했을까? 무혁이 마지막으로 손을 내밀었을 때, 차갑게 돌아서면서 잘했다고 생각했을까? 호진이 괘씸해서 치가 떨렸다.

무혁은 비틀대며 침대로 가서 누웠다. 이대로 지긋지긋한 드림캐처 생활이 끝나면 좋겠다고 생각했다. 늘 하는 생각이었지만, 이번에는 절박했다. 그러기 위해서는 결정을 내려야 했다. 호진을 악몽으로부터 구하고 결정대로 갈 것인지, 그를 포기하고 다른 악몽자를 배정받을 것인지. 자신이 악몽자를 바꾼 전례는 없다. 그러니 여기서 다른 악몽자로 바꾼다는 것은 호진을 불행 속에 던져 넣고 눈을 가리겠다는 뜻이다.

고민이 됐다. 무혁은 백 명의 악몽자와 함께한 시간들을 천천히 헤아려 봤다. 첫 번째 악몽자인 현정부터 마지막 악몽자인 호진까지. 자신의 행보를 돌아보면 답이 나올 것 같았다. 그래서 드림캐처로 산 세월을 되돌려 보며 한참 동안 기억을 들추었다. 무혁의 머릿속에 현실과 꿈 영상에서 본 장면들이 뒤죽박죽 섞인 채 펼쳐졌다.

메마른 현정의 얼굴, 차갑게 뒤돌아서는 호진, 층계참에서 울던 어린 무혁, 문을 열자 펼쳐진 옥상의 전경…….

'누군가는 나를 위해서 부지런히 싸워 줬을까?'

무혁은 헛헛한 웃음을 지었다.

'그랬다면 이렇게 되진 않았겠지.'

잊고 있었던 마음속 불길이 다시금 일렁거렸다. 자꾸만 드림캐처로서 해선 안 되는 행동이 머릿속을 헤집었다. 상상 속 은수와 호진에게 잔혹하게 굴수록 심장이 타들어 갈 듯이 뜨거워졌다.

무혁은 가슴을 움켜쥐었다. 발로 짓밟힌 것 같은 고통이 온몸을 타고 흘렀다. 아무 일도 일어나지 않았는데 왜 신체가 아픈 건지 알 길이 없었다. 드림캐처로 살면서 처음 겪는 일이었다. 어서 이 이름 모를 고통스러운 감정에서 벗어나고 싶었다.

책상을 마구 더듬어 DCA를 집어 든 무혁이 다급하게 채린과 상덕의 이름을 찾았다. 자신보다 인간 세상을 잘 아는, 자신의 과거를 알고도 콧방귀 뀌고 훌훌 털어 버릴 수 있는 이들이 필요했다. 시간을 확인해 보니 곧 학교가 끝날 시간이었다. 무혁은 스프링이 튕기듯 침대에서 벌떡 일어났다.

이제 막 종례가 끝났는지 학교 본관에서 학생들이 쏟아져 나왔다. 무혁은 정문으로 향하는 인파를 거슬러 오르며 학생들의 얼굴을 하나씩 확인했다. 채린은 보이지 않았다. 운동장에 도착했을 때 채린에게서 연락이 왔다. 청소 당번이라 청소를 마치고 나가겠다는 것이었다. 우악스러운 채린이 빗자루를 쥐고 교실 바닥을 쓸고 있을 생각을 하니 피식 웃음이 나왔다.

무혁은 벤치에 앉아 채린을 기다렸다. 고즈넉한 운동장 풍경이 눈앞에 흘러갔다. 집에 가기가 못내 아쉬운지 벤치에 앉아 이야기를 나누는 학생들이 보였다. 50미터 정도 떨어진 등나무 아래 벤치에서도 남녀 한 쌍이 사이좋게 이야기를 나누고 있었다. 무혁이 제 눈을 의심하며 다시 한번 그곳을 쳐다봤다. 호진과 소연이었다. 무혁은 은행나무 뒤로 서둘러 몸을 숨겼다. 자신도 왜 그렇게 행동한 건지 몰랐지만, 몸이 먼저 반응했다.

고개만 빼꼼 내밀어 둘의 동태를 살폈다. 호진이 피식피식 웃는 게 보였다. 근심 걱정 따위는 하나도 없는 듯한 말간 얼굴이었다. 무혁은 주먹을 말아 쥐었다. 애써 잠재운 불길이 맹렬하게 솟아올랐다. 천인공노할 일을 저질러 놓고 사랑놀이나 하면서 행복감에 취해 있다니. 나는 즐거움조차 느낄 수 없게 되었는데……. 드림캐처의 사명감 따윈 집어치우고 달려가 호진의 목을 조르고 마구 흔들어 대고 싶었다.

DCA가 울리는 소리에 정신이 번쩍 들었다. 이제 마쳤다는 채린의 연락이었다. 눈을 감고 호흡을 가다듬었다. 나는 아무것도 못 본 거다. 이대로 채린을 만나 집에 가자. 무혁은 자꾸만 거칠어지는 숨을 꾹꾹 눌렀다.

그때 호진에게 접근하는 학생들이 눈에 들어왔다. 눈을 가늘게 뜨고 확인해 보니 은수와 분리수거장에서 본 적이 있는 은수의 친구들이었다. 은수가 손을 들어 인사하자 웃고 있던 호진의 얼굴이 확연히 굳는 게 보였다. 은수는 호진의 어깨에 팔을 걸고는 어딘가로 향했다. 소연도 겁에 질린 채 그 뒤를 따랐다. 무리는 점점 무혁이 있는 쪽을 향해 다가왔다. 무혁은 재빨리 본관으로 들어가 몸을 숨겼다.

은수는 본관을 지나쳐 계속해서 걸어갔다. 그가 어디로 향할지 알 것 같았다. 분리수거장. 무혁은 그들의 뒷모습이 완전히 사라질 때까지 기다렸다가 DCA를 다시 확인했다. 곧 채린이 내려올 것이다. 그냥 가면 돼. 못 본 척하자. 호진이 저 자식은 당해도 싸잖아. 무혁이 자신을 다독였다. 그러나 그의 발은 제멋대로 움직이고 있었다.

분리수거장으로 들어가는 좁은 골목에 다다르자, 은수의 목소리가 들렸다. 무혁은 은수의 시야가 닿지 않는 곳에서 숨을 죽인 채 상황을 지켜봤다.

"야, 김호진, 이제 도와줄 사람도 없는데 어떡하냐? 이 새끼 옷 벗겨. 못 깝치게 동영상으로 박아 놔야지."

"놔! 놔!"

발버둥 치고 있을 호진의 모습이 상상돼 무혁은 눈을 질끈 감았다.

"이 새끼 이거, 여친 앞이라고 발악하는 거 봐라."

조롱하는 듯한 웃음소리와 호진의 절규가 겹쳐 들었다. 무혁은 귀를 틀어막았다. 제 손으로 목을 조르고 싶었던 인간이 괴롭힘을 당하고 있는데, 그와 심장이 연결된 것처럼 가슴이 아팠다. 이 자리를 어서 떠야 했다.

간신히 뒤로 돌아섰을 때, 등 뒤에서 울부짖는 소리가 들렸다.

"으악!"

"억!"

"꺅!"

부딪는 소리와 함께 소연이 비명을 질렀다. 호진이 맞고 있는 게 분명했다. 무혁은 자기도 모르게 몸을 다시 돌려 안쪽으로 한 걸음 들어갔다.

눈앞에 펼쳐진 광경은 무혁의 예상과 달랐다. 호진이 은수의 배 위에 올라타 마구 주먹을 휘두르고 있었다. 은수의 친구들이 호진의 등을 사정없이 발로 찼다. 하지만 호진은 쏟아지는 발길질에도 은수를 놓지 않았다.

상황은 금세 역전됐다. 은수가 호진을 뒤집어 바닥에 깐 채 제압한 것이다. 호진은 일어나려 발버둥 쳤다. 그 기세를 이기지 못하고 은수가 몸을 피했다. 나동그라져 있던 호진이 자리에서 일어섰다. 얼굴에서 피가 철철 흐르고 있었지만, 그것쯤은 아무렇지 않다는 듯 괴성을 지르며 다시 한번 은수에게 달려들었다. 은수가 주먹을 휘둘러 호진의 얼굴을 가격했다. 호진은 아픔을 느끼지 못하는 사람처럼 아랑곳하지 않고 계속 돌진했다. 하지만 그가 할 수 있는 거라곤 은수를 붙잡은 채 쏟아지는 주먹을 온몸으로 막아 내는 것뿐이었다.

은수의 친구들이 호진을 뜯어내 무자비하게 팼다. 호진은 또다시 바닥에 나뒹굴었다. 이제 더 이상 일어설 힘이 없는지 그대로 누워 버렸다. 은수가 거친 숨을 뿜어내며 호진에게 다가가 벌레를 짓이기듯이 등을 짓밟았다.

호진의 몸에서 흘러나온 피가 바닥을 칠했다. 처참한 광경이었다. 무혁이 양 주먹을 꽉 움켜쥐었다. 호진이 저 자식은 왜 저렇게 달려드는 걸까. 이길 가능성이 전혀 없는데. 나약함만 증명하는 꼴인데. 이래서, 이래서 무혁은 인간 세상을 빨리 뜨고 싶었다. 인간은 너무나도 나약하다.

그 순간, 호진이 비틀거리며 일어섰다. 나약한데 대체 왜……. 저 아이는 지금 무얼 위해 발악하는 걸까.

"이젠 도망치지 않을 거야!"

호진이 악을 썼다. 그러고는 힘을 짜내 황소처럼 머리로 은수를 들이받으려 했다. 은수는 몸을 살짝 옆으로 옮겨 가볍게 피했다. 호진은 제힘을 이기지 못하고 고꾸라졌다. 은수 무리의 비웃는 소리가 분리수거장에 울려 퍼졌다. 은수는 재미난 장난감을 가지고 노는 것처럼 신이 나 보였다. 저 얼굴로 어린 무혁을 괴롭혔으리란 생각이 번쩍 든 무혁의 눈알이 핑그르르 돌았다.

안 돼. 지금 달려들면 나도 결과를 예상할 수 없어. 무혁이 제 뺨을 쳤다. 무엇보다 드림캐처로서 절대로 해선 안 될 일이었다. 지금이라도 뒤돌아 가야 했다.

"야, 새끼야, 억울하냐?"

은수가 가쁜 숨을 내쉬면서 가래를 끌어모아 퉤 뱉고는 거들먹거렸다.

"억울하면 다시 태어나. 그 수밖에 없어. 엄마 아빠한테 일러도 별수 없는 거, 삼 년 전에 봤잖아? 난 멀쩡히 살아 있는데 그 새끼만 뒈졌잖아. 아, 개 애비도 뒤졌다던데. 이제 알겠지? 그게 너 같은 루저 새끼들의 한계야."

무혁은 분리수거장으로 뛰어들었다. 정확한 기억은 거기까지였다. 뼈가 으스러지는 소리, 비명, 살려 달라는 외침, 붉은 선혈, 누군가가 다급하게 자신을 부르는 소리……. 그런 것들이 어지러이 섞였다.

정신을 차렸을 땐 채린과 상덕이 아연실색한 얼굴로 무혁을 바라보고 있었다. 바닥에 주저앉은 채로 무혁은 눈앞에 벌어진 광경을 둘러봤다. 먼저 누워 있는 호진이 보였다. 교복은 온통 먼지투성이였고, 바지는 무릎이 찢겨 있었다. 소연이 흐느끼며 호진의 상태를 살피고 있었다. 반대편에는 은수와 그의 친구들이 널브러져 있었다. 셋 다 온몸이 피로 물들어 형체를 알아보기 힘들었다. 무혁이 거친 숨을 내쉬면서 손등으로 이마를 훔쳤다. 땀인지 피인지 모를 것이 묻어 나왔다.

무혁과 채린, 상덕은 심각한 얼굴을 한 채 무혁의 방에 모여 있었다.

"이제 어떻게 할 거야? 인간 셋을 반송장 만들어 놨으니 변명도 못 할 텐데."

채린이 말했다. 무혁은 두통이 몰려오는 것 같아 이마에 손을 얹은 채 고개를 푹 숙였다.

"대체 뭐 때문에 참지 못하고 달려든 거야?"

상덕이 물었다.

"씁, 글쎄다."

무혁도 몰랐다. 은수가 비아냥거리는 순간 현정의 얼굴이 번쩍 하고 떠오른 이유를.

"잡혀가면 고통스러운 형벌을 받을 거야. 후회되지 않아?"

상덕이 오한이 온 것처럼 몸을 바르르 떨었다.

"후회? 아니. 방법이 좀 잘못됐지만 진은수는 처벌받아 마땅해. 내가 걱정하는 건 그게 아니야."

"그럼 뭔데?"

채린과 상덕이 동시에 물었다.

"드림체이서가 둘이나 남아 있는데 김호진이랑 길소연을 지킬 드림캐처가 없어."

"야!"

채린이 성을 냈다.

"지금 악몽자 안위 따질 때야? 네 앞날이나 걱정해."

"한 번 맡은 악몽자는 끝까지 책임져야지. 그렇게 배웠잖아?"

무혁의 말에 채린이 언성을 높였다.

"너…… 김호진이 무슨 짓을 했는지 잊은 거야?"

"알아. 누구보다 잘 안다고."

"근데 왜 그래?"

채린은 도무지 이해가 안 된다는 듯 눈꼬리를 치켜세웠다.

"생전의 나한테 김호진이 한 짓을 알고 난 후로 내내 화가 났어. 아니, 화난 정도가 아니지. 목을 졸라 죽여 버리고 싶었지. 복수심에 불타던 악몽자들이 이런 마음이었나 싶더라고.

그런데 막상 김호진이 피떡이 되도록 얻어맞는 걸 보니까 하나도 통쾌하지 않더라. 안쓰럽기만 했어. 저 자식도 나약한 인간에 불과하니…… 그냥 행복하면 좋겠다는 생각이 드는 거야."

"어이구, 대단한 드림캐처 납셨네."

채린이 비아냥거렸지만 무혁은 썩 기분이 나쁘지 않았다.

"근데 말이야, 지금은 마음이 편해. 화로 가득 차 있을 땐 그 마음이 너무 뜨거워서 나를 삼켜 버릴 것 같았어. 다시는 그런 마음을 갖고 싶지 않아."

"그게 마음대로 되는 거야?"

상덕이 물었다.

"상덕아, 네가 그랬잖아. 과거의 일일 뿐이라고. 그래서 난 내 앞에 남은 일만 해결하기로 결심했어."

"뭘 어떻게 하게? 시간도 없어. 조만간 드림폴리스가 들이닥칠 거야."

"행동 강령을 어겼으니 잡혀가서 벌 받아야지. 내 고민은 드림체이서들을 어떻게 하느냐는 거야."

각자 방법을 생각하는 듯 침묵이 이어졌다. 고심하던 무혁이 입을 열었다.

"일단, 채린아, 네 지정 악몽사를 소연이로 바꿔 줘."

"나도 지정 악몽자가 있어."

"거들떠보지도 않고 있잖아."

"어, 그건 그렇지."

채린이 멋쩍어하며 쉽게 수긍했다.

"다음은 한태준이 문제인데……."

머릿속에 무언가가 번뜩 떠올랐는지 무혁이 상덕의 팔목을 다급하게 움켜쥐었다.

"우리 행동 강령 제4 조 4 항이 뭐였지?"

"'인간에게 해를 입혀서는 안 된다'잖아."

"아니, 정확하게. 그 앞에 뭐가 더 있잖아."

"사적인 감정으로 인간에게 해를 입혀서는 안 된다."

"그렇지? 그거, 드림체이서한테도 해당하는 말일 거 아냐?"

무혁은 의미심장한 미소를 지었다. 그러고는 곧바로 DCA를 집어 들고 어시스턴트에게 전화를 걸었다.

"네, 정무혁 님."

억양 없는 사무적인 말투가 들려왔다. 이 목소리에마저 정이 들었는지 웃음이 터져 나오려 했다. 무혁은 웃음을 참고 최대한 무뚝뚝하게 물었다.

"지난번에 조사해 달라고 한 건 어떻게 됐어?"

"아직 자료를 수집하고 있습니다."

"좀 급한데……. 준비한 것까지 보내 줘."

전화를 끊자 잠시 후에 파일이 왔다. 어시스턴트의 말에 비해 자료는 방대하고 꼼꼼하게 정리되어 있었다. 파일을 끝까지 훑은 무혁이 회심의 미소를 짓고는 필요한 부분만 캡처해서 저장한 후 DCA를 내려놓고 후련하다는 듯 한숨을 내쉬었다.

"안 무서워?"

상덕이 안타까운 눈빛으로 물었다.

"무섭지. 내가 먼저 겪어 보고 말해 줄게."

"이 자식, 깡다구 좋은 건 알았지만 이 정도인 줄은 몰랐네."

채린이 질렸다는 듯 고개를 좌우로 저었다.

이야기가 끝난 후에도 둘은 아쉬운지 집에 가려 하지 않았다. 무혁은 피곤하다는 이유로 그들을 내쫓다시피 돌려보낸 후 책상 앞에 앉았다. 마음을 다스리고 나서 휴대폰을 집어 들었다. 휴대폰으로 전화하던 곳은 딱 한 군데밖에 없었다.

무혁의 사양에도 불구하고 현정은 자꾸만 뭘 내왔다. 탁자에 요깃거리가 진수성찬처럼 차려졌다. 현정의 표정은 변함이 없었지만 행동만큼은 동분서주했다. 그가 허둥대는 모습을 지켜보며 무혁은 슬며시 미소 지었다.

현정에게 전화를 걸어 유학을 가게 됐다고 말했다. 현정의 놀라는 목소리가 전화기 너머로 들려왔다. 어떤 표정을 짓고 있을지 상상되진 않았다. 현정이 놀라는 모습을 본 적이 없던 까닭이었다.

드디어 내올 만큼 내왔는지 현정이 바닥에 앉았다. 무혁도 현정을 따라 바닥에 앉아 앞에 놓인 참외를 포크로 찍어 현정에게 건넸다. 현정은 놀란 눈치였지만 내색하지 않고 참외를 받아 들고는 한 입 베어 물었다. 무혁이 채근했다.

“더 드세요. 다 드실 때까지 저도 안 먹을 거예요.”

“어머, 얘가 왜 이래.”

현정은 겸연쩍어하면서도 참외를 입 안에 욱여넣었다. 무혁은 만족스러운 미소를 짓고는 참외를 집어 들었다. 영 입맛이 없었지만 꾸역꾸역 먹어 치웠다.

“갑자기 웬 유학이야, 정혁아. 아줌마는 너무 놀랐어. 그간 챙겨준 것도 없는데……. 오늘이라도 많이 들어.”

“아버지가 거기 계셔서 따라가게 됐어요.”

입에서 거짓말이 술술 나왔다. 채린이 봤다면 인간 다 됐다고 감탄했을 것이다.

“우리 무혁이랑 친했다길래 추모하는 셈 치고 놀러 오라고 한 건데 아줌마가 더 위로받았나 보네. 이렇게 아쉬운 거 보니까.”

“아녜요, 저도 여기에 오면서 큰 위안을 받았어요. 아주머니 조언 덕분에 친구 문제도 잘 해결했구요."

현정이 눈썹을 올리며 의외라는 듯 말했다.

"내가 도움이 됐어? 올해 들은 소식 중에서 가장 기쁜 소식이네. 어떻게 해결했는지 물어봐도 될까?"

"제 속마음을 말로 꺼내고 진솔한 대화를 나눴어요."

아직 하진 않았으나, 앞으로 할 일이었다. 현정에게 이 말을 한 건 마음을 굳게 먹기 위함이었다. 용기가 필요했다. 진실과 마주하기 위해서.

"다행이다."

현정이 밝은 미소를 지었다. 무혁도 따라 미소 지으며 꼭 하고 싶었던 말을 꺼냈다.

"무혁이한테도 아주머니는 큰 힘이 됐을 거예요. 그러니 너무 미안해하지 마세요. 무혁이가 살아 있을 때 아주머니 이야기 많이 했어요. 정말 좋으신 분이라구요."

진심이 전해졌으면 하는 심정으로 최대한 또박또박 말했다. 무혁의 말이 끝나자 메말랐던 현정의 눈가가 촉촉해졌다. 현정이 떨리는 입술을 꽉 물고 무혁을 끌어안았다. 그러고는 흐느끼며 말했다.

"그렇게 말해 줘서 고마워. 정말 고마워. 정말…… 정말로."

무혁도 현정을 말없이 끌어안았다.

현정의 집을 나온 무혁은 호진의 집 앞 놀이터로 갔다. 어린아이들이 놀이기구를 타고 있었고, 아이들의 엄마로 보이는 여자들은 그늘막 밑에서 수다를 떨고 있었다. 밤 풍경이 익숙해서인지 생기 넘치는 놀이터가 오히려 낯설게 느껴졌다.

휴대폰을 꺼내 들어 호진의 이름을 찾았다. 그대로 통화 버튼을 누르려다가 멈칫했다. 무혁의 엄지가 초록색 버튼 위 허공을 맴돌았다.

굳이 호진과 대화를 나누어야 할까? 무혁은 또다시 회의감에 사로잡혔다. 드림폴리스가 출동하면 자신은 사라진다. 모든 게 없던 일이 될 수 있다. 자기에게도, 호진에게도 상처가 될 일을 애써 만들 필요는 없지 않을까? 무혁이 땅이 꺼져라 한숨을 쉬었다.

그때, 남자아이의 고성이 들려왔다. 잘 놀던 꼬마 둘이 엉겨 붙어 싸우고 있었다. 그 장면을 보자 호진이 은수에게 달려들던 모습이 떠올랐다.

'이젠 도망치지 않을 거야!'

호진의 절박한 외침이 귓가에 울리는 것 같았다.

그래, 나도 이제 도망치지 않을 거야. 무혁은 휴대폰 화면을 다시 켰다. 붉은색으로 가위표가 쳐진 아파트의 외벽에 시선을 둔 채 호진에게 전화를 걸었다. 같이 운동하자고 연락한 이후 처음 거는 전화였다.

신호가 길게 이어지다가 호진이 전화를 받았다.

"어, 왜?"

당황한 기색이 휴대폰 너머까지 전해졌다. 무혁은 복잡한 감정을 숨기고 짤막하게 말했다.

"잠깐만 보자. 할 말 있어."

호진은 토를 달지 않고 순순히 알겠다고 했다.

무혁은 벤치에 앉아 호진을 기다렸다. 잠시 후 폴라 티에 청바지를 입은 호진이 놀이터로 걸어왔다. 호진을 제외한 다른 사람들은 죄다 반소매 차림이었다. 낮 기온이 꽤 높아져서, 호진의 옷차림이 유난스러워 보였다.

가까이서 보니 호진이 옷을 그렇게 입은 이유를 알 것 같았다. 쪽빛으로 물든 멍 자국이 얼굴 군데군데에 선명하게 남아 있었다. 터진 입술은 갈라진 채로 피가 굳어 있었다.

무혁의 옆에 앉은 호진은 몸이 가려운지 벅벅 긁으면서 자꾸만 시선을 피했다. 무혁을 마주하는 게 거북한 건지, 두려운 건지 알 수 없었다. 무혁은 처량하게 앉아 있는 호진을 말없이 바라봤다. 볼품없고, 하잘것없었다. 그런 호진을 보고 있자니 그간 쌓인 분노가 민들레 씨앗처럼 훅 하고 흩어졌다. 처음 지정 악몽자로 배정받고 어두운 낯빛의 호진을 봤을 때 느낀 순수한 연민이 되살아났다.

"네가 중학교 때 저지른 일을 알아."

무혁이 선언하듯 툭 내뱉었다. 호진이 고개를 홱 돌려 무혁과 눈을 맞췄다. 공포에 질린 것처럼 커다래진 눈동자가 떨리고 있었다. 뭐라도 말할 듯이 우물쭈물하던 호진은 결국 말없이 고개를 푹 숙였다.

"너 살겠다고 친구를 벼랑 끝으로 내몰았지. 마지막으로 내민 손마저 거칠게 뿌리쳐 버렸고. 그 아이는 벼랑 끝에서 결국 떨어지고 말았고."

무혁은 리콜렉트로 본 영상들을 떠올리며 하나씩 읊었다. 그 일들이 마치 지금 눈앞에서 벌어지고 있는 것처럼 가슴이 욱신거렸다.

"나도 같은 상황이었어!"

호진이 악에 받쳐 소리 질렀다.

"괴롭힘당하는 사람의 심정을 네가 알아? 나도 매일매일 죽고 싶었다고! 괴롭힘에서 벗어날 수만 있다면 지구가 멸망해도 괜찮았어!"

"같은 상황에 처한다고 모두가 너와 같은 선택을 하진 않아."

무혁이 냉정하게 말했다. 호진도 지지 않고 맞섰다.

"나라고 편한 줄 알아? 나도 후회해. 매일 반복되는 악몽에 시달린다고!"

"그건 죄책감의 대가일 뿐이야."

"다들 왜 나한테 이러는 거야! 난 행복해지면 안 되는 거야?"

호진이 얼굴을 양손으로 감싸고 절규했다. 등이 덜덜 떨렸다.

그 모습이 하도 작고 하찮아서 무혁은 저도 모르게 손을 뻗어 호진을 쓰다듬을 뻔했다. 이래선 안 됐다. 생전의 자신을 죽음으로 몰고 간 당사자다. 그런데 그의 모습에서 어린 무혁이 겹쳐 보였다. 층계참에서 연신 눈물을 훔쳐 내던 무혁. 그 아이도 그저 행복해지길 바랐을 텐데…….

"네가 보여 준 그 한 번의 용기를 그때도 내 보지 그랬어……."

무혁은 부탁인지 원망인지 모를 말을 호진의 등에 대고 내뱉었다. 부질없는 짓이라는 걸 안다. 이제 와서 누구를 탓한들 어린 무혁이 살아 돌아오진 않는다. 하지만 눈앞의 아이에겐 살아 나가야 할 날들이 남아 있다.

"그런다고 달라질 건 없어. 지금의 나를 봐."

호진이 우는지 웃는지 모를, 절망으로 가득 찬 얼굴로 말했다.

"아니. 이제 달라질 거야. 한 발 뻗었잖아."

무혁이 단호하게 말했다. 악몽에서 완치된 악몽자들은 모두 그랬다. 악몽을 깨는 건 결국 악몽자 자신의 발걸음이었다.

호진이 다시 등을 떨며 울었다. 이 아이가, 아니 이 아이뿐만 아니라 악몽을 꾸는 모든 이들이 그냥, 제발 좀 행복해지면 좋겠다고 무혁은 생각했다.

고개를 들지 못하는 호진을 남겨 둔 채 뒤도 돌아보지 않고 놀이터를 빠져나왔다. 작별 인사는 다 마친 듯했다.

판결

호강 고등학교는 원인불명의 사건으로 떠들썩했다.

2학년 10반의 여우미가 결석했다. 10반 담임 말로는 한동안 학교에 나오지 않을 거란다. 아이들은 채린과의 일로 쪽팔려서 못 나오는 거 아니냐고 추측했다. 자기 자리에 태연하게 앉아 있는 채린을 보면 꽤 합당하게 들리는 추리였다.

2학년 1반에는 더욱 의아한 일이 벌어졌다. 세 명이 동시에 결석한 것이다. 그중 한 명은 병원에 입원했고, 두 명은 소리 소문 없이 사라졌다. 선생들은 쉬쉬했지만 소문은 빠르게 퍼져 나갔다. 호진은 반 아이들이 쑥덕이는 소리를 들었다.

"그거 들었어? 진은수가 피떡이 돼서 발견됐대. 못 해도 넉 달은 입원해야 할 거라는데?"

누구에게 변고를 당했는지는 말을 전하는 아이마다 달랐다. 폭력 조직에 들어갔다가 당한 거라고도 했고, 길에서 묻지마 폭행을 당한 거라는 말도 있었다. 평소 행실 때문인지 은수의 이야기를 옮기는 데 누구도 죄책감을 느끼지 않았다. 누아르 영화를 본 것처럼 통쾌하단 듯이 떠들어 대는 아이도 있었다.

호진은 그런 이야기를 들어도 아무 감정이 느껴지지 않았다. 그간 겪은 일들에 현실감이 하나도 없었다. 무슨 일이 일어나고 있는 건지 물어볼 사람도 없었다. 답을 알 것 같은 아이들의 자리는 나란히 비어 있었다. 무혁과 태준의 자리였다.

시간이 갈수록 소문은 더욱 풍성하고 허황해져 갔다. 전학생들은 사실 비밀 단체에서 파견된 요원으로, 아이들을 괴롭히는 여우미와 진은수를 혼내 준 거라는 등 믿을 수 없는 것들뿐이었다.

호진은 사라진 아이들의 이름이 들릴 때마다 괴로웠다. 교실에 들어가고 싶지 않아 점심을 먹고 나서 운동장 변두리를 따라 걷다가 등나무 앞에 멈췄다. 태준과 이야기를 나누던 곳이었다. 백년만의 폭염이라는데 등줄기가 서늘해졌다. 소연과 태준, 지율과 놀며 달콤한 환상에 젖었던 순간이 떠올라 가슴께가 먹먹했다.

아……! 소연이! 호진은 한 대 맞은 것처럼 정신이 번쩍 들었다. 소연의 반에는 아직 지율이 있다. 자신보다 소연이 더 고통스러워하고 있을 수도 있겠다는 생각이 들었다.

재빨리 본관 쪽으로 방향을 틀었다. 숨을 헐떡이면서도 멈추지 않고 발걸음을 놀렸다. 그러다가 10반 뒷문에 손이 닿기 전에 우뚝 멈춰 섰다. 자신이 소연을 부르는 순간 아이들이 쑥덕댈 거란 염려가 발목을 잡았다. 그래서 고개만 빼꼼 내밀어 교실 안을 둘러봤다. 소연은 조용히 책을 읽고 있었다. 소연을 따돌린다던 여자애 중 한 명은 소연과 멀리 떨어져서 다른 애들과 웃고 떠들고 있었다. 지율은 자리에 없었다.

'그래, 잘 있으면 됐지.'

호진은 발길을 돌리려다가 멈칫했다. 어디선가 무혁의 목소리가 들리는 듯했다.

'네가 보여 준 그 한 번의 용기를 그때도 내 보지 그랬어…….'

호진은 침을 꿀꺽 삼키고 생각했다.

'그래, 소연이랑 사귈 때 지켜 주기로 약속했어. 아직 벌어지지도 않은 일에 지레 겁먹고 도망치지 말자.'

고작 이런 것도 용기라면, 내야만 했다. 호진은 10반 뒷문으로 가 교실 문턱에 발을 댔다. 큼큼, 목을 가다듬고 소연을 불렀다.

무혁은 자신을 부르는 소리에 정신이 번쩍 들었다. 백일이 지났는지 앞에 있는 반추 거울이 작동을 멈췄다. 이제 막 어린 무혁이 옥상 난간에서 떨어질 참이었다. 오만 번도 넘게 본 영상이었지만 떨어질 때의 감각은 여지없이 생생하게 전해졌다.

짧은 신음을 내며 자리에서 일어선 무혁이 어둠 속을 더듬어 문고리를 찾아 돌렸다. 문 너머로 들려오던 웅성대는 소리가 한 순간에 사그라들었다.

문밖으로 나온 무혁은 손바닥으로 눈을 가렸다. 단상을 내리쬐는 한 줄기 빛이 견딜 수 없이 강렬했다. 거울 하나만 덩그러니 놓여 있는 깜깜한 방에 계속 갇혀 있던 탓이었다.

건장한 사내 둘이 다가오더니 팔짱을 껴 무혁으로 결박했다. 서 있을 힘도 없던 무혁은 쓰러지지 않게 잡아 줘서 차라리 다행이라고 생각했다.

저 멀리에서 양팔이 결박된 형체가 무혁 쪽으로 다가왔다. 가까워지자 누구인지 알 수 있었다. 태준이었다. 그도 꽤 고통스러운 시간을 보냈는지, 반쯤 정신이 나가 있었다.

태준이 무혁 뒤에 섰다. 무혁의 다음 차례인 모양이었다. 무혁이 고개를 돌려 겨우 한쪽 입꼬리만 올린 채 잘 나오지도 않는 목소리로 말했다.

"좀 늦었네?"

초점을 잃은 태준의 눈동자가 무혁을 보고는 세차게 흔들렸다. 그러나 태준도 힘이 없기는 마찬가지라, 메마른 목소리로 간신히 대꾸했다.

"너 이 새끼……."

인간 세상에서의 일을 정리하기로 마음먹자 태준이 눈엣가시였다. 인간에게 해를 입히면 안 된다는 조항을 어겼으니 분명 자신은 끌려갈 텐데, 태준은 인간 세상에 존재한다면 모든 게 말짱

도루묵이었다. 호진뿐만 아니라 소연의 안전도 보장할 수 없었다. 그건 직무 유기이자 제 성격으로는 견딜 수 없는 일이었다.

태준의 발목을 묶을 수 있는 묘수가 떠오른 건 어시스턴트가 조사해 온 내용 덕분이었다. 태준의 생전 모습인 지훈과 소연이 같은 학교, 같은 반이었고, 지훈의 사망 시점과 소연이 정신과 상담을 받은 시기가 얼추 맞아떨어진다고 했다. 드림체이서인 태준이 인간인 소연에게 해를 입히려는 건 사적인 감정 때문 아닐까, 무혁은 추측했다.

확신이 든 건 어시스턴트가 보낸 파일을 받았을 때였다. 거기에는 이 년 전 지중 중학교에서 발생한 스토킹 사건에 관한 내용이 상세히 적혀 있었다. 이 일이 있고 나서 남자아이는 자취를 감추었고 여자아이는 정신과를 다니게 되었다는 후일담까지 정리되어 있었다. 자료의 마지막에는 지훈이 발작을 일으켜 병원에 입원한 사실과 소연이 119에 신고를 한 기록이 있었는데, 두 사건의 발생 일시가 정확히 일치했다. 확인 사살까지 마친 어시스턴트의 꼼꼼함에 내심 감탄하다 아직 조사 중이라던 그의 말을 떠올린 무혁은 혀를 내둘렀다.

무혁은 자료에서 필요한 내용만 캡처한 후 태준의 범죄 사실을 일목요연하게 정리했다. 그리고 그 내용과 캡처한 이미지 파일을 드림헤더에게 DCA로 전송했다. 나머지는 드림헤더가 알아서 처리할 것이었다. 지금 자기 뒤에 태준이 서 있는 걸 보니, 계획이 성공한 모양이다.

뒤에서 태준의 쇳소리 섞인 목소리가 들렸다.

"죽여 버릴 거야, 정무혁."

"그러니까 왜 조항을 어기냐고."

무혁이 힘을 쥐어짜 필사적으로 태준을 조롱했다. 태준이 무혁에게 달려들려고 힘을 써 봤지만 양팔을 붙들고 있는 건장한 사내에게 저지당했다. 짐승처럼 울부짖는 태준의 목소리를 들으며 무혁은 만족스러운 미소를 지었다. 뭐, 자신도 같은 죄목으로 끌려온 거긴 하지만.

그때 어디선가 목소리가 들렸다.

"드림캐처 190723-13호는 단상에 올라서세요."

무혁은 한 줄기 빛이 내리쬐는 결정대로 올라가 오랜만에 본 빛을 듬뿍 받으려는 듯 고개를 뒤로 젖혀 한참을 서 있었다. 드림캐처로서 지낸 시간이 스쳐 지나가면서 감회에 젖었다. 드림캐처의 삶과 결정 수업에서 본 영상에서 결정대에 오른 드림캐처들이 꼭 자신과 같은 행동을 했는데, 왜 그랬는지 이해가 갔다.

고개를 바로 하고 정면을 바라봤다. 어둠에 가려 아무것도 보이지 않았지만 소곤대는 소리와 함께 분명한 존재감이 느껴졌다. 앞에는 양옆으로 나뉘어 서로 마주 보고 있는 객석이 있다. 무혁도 교육 때마다 앉았었다. 지금은 무혁의 재판을 지켜보기 위해 참석한 선후임 드림캐처로 가득 채워져 있을 것이다.

또다시 목소리가 들렸다.

"드림캐처 190723-13호는 드림캐처 행동 강령 제4 조 4 항, '사적인 감정으로 인간에게 해를 입혀서는 안 된다'를 위반했습니다. 이에 따라 백 일간의 반추 형벌을 받았습니다. 이제 사후 처분을 논의하겠습니다. 담당 드림헤더는 앞으로 나오십시오."

백색 정장을 입은 단발머리 여성이 앞으로 걸어 나왔다. 무혁도 아는 얼굴, 서울 지부 드림헤더였다.

드림헤더가 가죽으로 된 서류철을 펼쳤다.

"드림캐처 190723-13호는 과업을 청산하는 마지막 관문에서 드림캐처로서 해서는 안 될 행동을 저질렀습니다. 따라서 영원토록 지은 죄를 반성하며 사는 것이 마땅하나, 190723-13호는 악몽자 아흔아홉 명의 꿈 신호를 성공적으로 백색으로 바꾸었으며, 형벌을 받는 동안 그의 백 번째 지정 악몽자도 꿈 신호가 백색으로 바뀌었습니다. 이는 드림캐처 190723-13호의 공이 큽니다. 그간 그가 쌓아 올린 혁혁한 공을 살피시어 여타 드림캐처와 같은 결정의 기회를 주시길 간청합니다."

말을 마친 드림헤더가 어두컴컴한 객석을 향해 허리를 숙여 인사하고 뒤돌아 어둠 속으로 사라졌다. 주위가 다시 소란스러워졌다. 객석에서 드림캐처들의 열띤 토의가 오고 갔다. 무혁은 결정대에서 내려와 묵묵히 처분을 기다렸다.

잠시 후, 정숙하라는 목소리가 흘러나왔다. 거짓말처럼 소란이 가라앉았다. 무혁에게 다시 결정대로 올라오라는 지시가 떨어졌다. 무혁이 단상에 서자 엄숙한 어조로 판결서를 읽는 소리가 들려왔다.

"판결. 드림캐처 190723-13호는 '사적인 감정으로 인간에게 해를 입혀서는 안 된다'는 드림캐처 행동 강령 제4 조 4 항을 위반하였다. 피해 인간의 삶에 지대한 영향을 끼친 점, 인간 사회에 혼란을 야기한 점 등 그 죄가 적지 않다. 따라서 최고형인 영생하는 인간으로 환생하여야 마땅하다."

심장이 철렁했다. 인간으로 한 번 사는 것도 녹록지 않은 일이다. 그런데 영생해야 한다니. 그건 수많은 고통을 무한정 되풀이해야 한다는 뜻이다. 무혁은 착잡한 심정으로 이어지는 판결을 들었다.

"다만 마지막 임무 수행을 진행 중인 점, 반추 형벌을 받는 동안 마지막 악몽자가 완치된 점, 악몽자를 보호하고자 취한 행동인 점 등을 고려하여 일생만을 살도록 한다."

무혁은 미간을 긁적이며 판결을 곱씹다가 웃음이 터져 나왔다. 환생하지 않기 위해 아등바등했는데 결국 이렇게 되다니. 산다는 게 참 얄궂다는 생각이 들었다. 그래도 일생만 살면 되니 다행인 건가? 잘 가늠이 되지 않았다.

판결서 낭독이 끝나고 곧이어 '드림체이서 210103-7호는 단상에 올라서세요' 하는 말소리가 울려 퍼졌다. 어둠 속에서 발걸음

소리가 어지러이 섞였다. 선후임 드림캐처들이 객석에서 나가고 드림체이서들이 들어오는 소리일 터였다.

드림체이서가 없다면 드림캐처가 존재하지 않아도 될 텐데 대체 왜 공존하는 걸까? 그전에, 인생에 고통이 없다면 애초에 악몽도 꾸지 않을 텐데……. 상념에 빠져 있던 무혁의 시야가 갑자기 하얘졌다.

가을에 접어들었는지 아침 바람이 제법 쌀쌀했다. 호진은 교복 재킷을 여미며 집을 나섰다. 습관적으로 좌우를 살피다가 의도적으로 가슴을 내밀고 고개를 들었다. 이제 등굣길에 은수를 만날 일은 없다. 원래 살던 아파트가 재건축에 들어가 옆 동네로 이사를 왔다. 더구나 은수는 아직도 병원에 있다. 그러니 더 이상 움츠리지 않아도 된다.

소연의 집 쪽으로 걸으면서 호진이 스마트워치를 확인했다. 수면 점수 81점, 깊은 수면 네 시간 삼십 분. 이 정도면 평소보다 잘 잔 편이다.

어느 날부터 호진은 스마트워치를 차고 잠자리에 들었고, 일어나면 수면의 질을 체크하게 됐다. 수면 점수를 80점 언저리로 받기 시작한 건 보름 정도밖에 되지 않았다.

'너 잘 자야 해.'

무혁의 말을 떠올렸다. 잘 자고 있으니 칭찬해 주려나. 호진이 속으로 피식 웃었다.

무혁과 태준이 자취를 감춘 지 넉 달이 지났건만 호진은 매일 그들의 존재를 곱씹었다. 같은 교실에 무혁과 태준이 있었다는 게 아직도 실감 나지 않았다. 반 아이들은 더 이상 그때의 일을 거론하지 않는다. 이미 기억에서 지운 모양이다. 하지만 호진의 마음속에서 그들은 여전히 물음표로 남아 있었다.

아파트를 나서는 소연이 보였다. 호진이 재빠르게 달려가 소연의 손을 잡았다. 소연은 호진을 향해 방긋 웃었다. 중학생 때 보았던 바로 그 미소였다.

무혁과 태준이 사라진 후, 소연도 호진만큼 적잖이 힘들어했다. 납득할 수 없는 사건의 연속을 제 탓으로 돌리기 바빴다. 호진의 위로도 닿지 않았다. 호진이 할 수 있는 건 소연의 옆에 있어 주는 것뿐이었다. 그저 묵묵히, 살아온 대로 사는 것밖에 할 수 있는 게 없었다.

처음에 호진은 그것밖에 할 수 없는 자신을 비웃었다. 하지만 진부한 말이긴 해도 시간은 정말로 훌륭한 약이었다. 그렇게 견딘 시간은 그를 단단하게 만들었다. 고꾸라지려는 소연에게 버팀목이 되어 준 것이다.

연이어 악몽을 꾸던 소연이 어느 날 이렇게 말했다.

"분명 악몽을 꾼 것 같은데 깨고 나면 아무 기억도 나지 않아. 누가 청소기로 악몽을 싹 정리해 준 것처럼."

훌훌 털고 일어난 소연이 가장 먼저 한 일은 채린에게 사과하는 것이었다. 그간 용기가 없어서 내민 손을 잡지 못했노라고 털어놓았다. 이제 10반에 가 보면 채린과 이야기를 나누는 소연의 모습을 종종 볼 수 있었다. 심통이 난 듯한 지율의 모습도 눈에 띄었다.

호진은, 이제야 용기가 생겼는데 정작 사과할 대상이 없었다. 하지만 그게 제 탓임을 묵과하지 않았다. 마음속에 적어 두고 몇 번이고 되새겼다. 물론 죄책감의 무게는 손톱만큼도 줄지 않았지만, 이제 그 무게를 지고 살기 위해 힘을 기르겠다고 다짐했다.

가을의 푸르른 아침 공기를 코로 힘껏 들이쉬었다. 잘 자고 일어났더니 무럭무럭 자란 것 같은 착각이 들었다.

"일어나, 정무혁!"

"으어어어, 어!"

무혁이 몸을 바르르 떨면서 눈을 떴다. 그러고는 화들짝 놀라 주변을 둘러봤다. 온통 하얀 벽과 천장이 눈에 들어왔다. 경련을 일으킨 무혁을 보고 아이들이 키득대는 소리가 들렸다.

나이가 삼십쯤 돼 보이는 여자가 옆에 서 있었다. 무혁은 여전히 어리둥절한 눈으로 여자를 올려다봤다.

"정신 차려, 정무혁! 학원에서 자면 돈 아깝지 않아?"

선생이 새된 목소리로 핀잔을 줬다. 무혁은 낙타처럼 눈을 껌

빽이며 머리를 조아렸다.

그때 종이 울렸다. 수업을 이어 가려던 선생이 마뜩잖은 얼굴을 하고 강의실을 나갔다. 무혁도 기지개를 켜고 자리에서 일어났다. 한 아이가 다가오더니 말을 걸었다.

"무혁아, 피자 먹으러 가자."

앳된 얼굴의 호진이었다. 호진은 손짓을 하며 근처에 서 있던 다른 아이를 불렀다.

"소연아! 피자 아카데미 가자. 내가 쏠게."

무혁은 아주 깊은 잠에서 깬 사람처럼 다시 한번 팔을 쭉 펴 기지개를 켰다. 그의 눈에 해맑은 얼굴을 한 두 아이가 보였다.

작가의 말

어느 작법서를 봐도 글은 엉덩이 힘으로 쓰는 것이라는 말이 나옵니다. 그 조언만 믿고 글을 쓴 지 사 년이 지났고, 그 말의 진위를 의심할 때쯤 출판사 자음과모음을 만났습니다. 이 행운이 저에게 주어진 건 제가 잘해서가 아니라, 많은 작가가 작법서에 남긴 진리가 틀리지 않았음을 증명하기 위함이라고 생각합니다.

저는 책을 펼치면 작가의 말을 꼭 읽습니다. 작가가 그 책을 쓴 계기나 창작 과정, 글을 쓰면서 한 고민 등이 궁금해서 참을 수가 없습니다. 저처럼 작가의 창작 노트를 엿보고 싶은 분들을 위해 짧은 글을 남깁니다.

『드림캐처』는 각각 다른 시기에 본 것과 품은 생각이 우연히 합쳐져 탄생했습니다. '악몽은 대체 왜 꿀까?'라는 호기심은 늘 있었습니다. 그러던 중 인터넷에서 그림 하나를 봤습니다. 자고 있는 사람에게 접근하는 용(아마도 악몽)을 검을 든 작은 곰 인형이 막는 모습이었습니다. 그리고 시간이 흘러 아프리카에서는 아기가 악몽을 꾸지 않도록 '드림캐처'라는 모빌을 달아 준다는 것을 알았습니다. 그때 악몽을 막아 주는 '드림캐처'라는 집단에 속한 인물에 대한 아이디어가 번뜩! 떠올랐습니다.

원래는 '가볍게' 쓰려고 했습니다. 주된 이야기는 드림캐처와 드림체이서의 대결 정도로 생각했습니다. 그러나 쓰다 보니 담은 이야기들이 무거워서 도저히 그렇게 되지 않았습니다.

특히 어린 무혁이 옥상으로 향하는 장면은 저를 애통하고 분노케 만든 한 장의 사진을 떠올리며 썼습니다. 한 소년이 엘리베이터에 쭈그리고 앉아서 소매로 눈물을 훔치는 사진이었습니다. 그 학생은 극심한 학교 폭력의 피해자였습니다. 목숨을 끊기 위해 옥상으로 올라가는 마지막 모습이 엘리베이터 CCTV에 찍힌 것입니다.

학교 폭력이라는 소재는 이제 소설, 영화, 드라마 등 여러 콘텐츠에서 진부할 정도로 활용되고 있습니다. 하지만 흔하다고 해서 당연한 건 아니라는 걸 기억해 주셨으면 합니다.

물론 어떤 교훈을 주기 위해 이 소설을 쓴 건 아닙니다. 서점이나 도서관에 꽂힌 수많은 책 중 저의 책을 고른 게 후회되지 않을 정도로 재미있었으면 합니다. 그게 가장 큰 바람입니다. 좀 더 욕심을 낸다면, 이 책을 덮고 나서도 고통받고 고뇌하는 등장인물들이 독자분들 마음속 어딘가에 남아 있으면 좋겠습니다.

많은 분의 도움으로 첫 책이 나오게 되니, 고대하고 낙심했던 모든 순간이 작가가 되기 위해 필요한 영양분이었음을 깨달았습니다. 도움을 주신 분들께 감사함을 전하면서 작가의 말을 마치려 합니다.

첫 미팅에서 저도 몰랐던 제 글의 장점을 알려 주신 자음과모음의 전유진 대리님과 최찬미 차장님 덕분에 자신감을 얻고 글을 계속 쓸 수 있었습니다.

또 저의 글쓰기에 관심을 가져 준 가족들, 묵묵히 지지해 준 나의 K, 무심한 듯 살가운 고등학교 동창들, 책이 나오길 기다려 준 동료 교사분들과 제자들 그리고 술잔을 기울이며 불안한 나날을 함께 지나온 이종연 배우님께도 감사의 말을 전합니다.

마지막으로 제가 소설을 쓴다고 말했을 때 '네가?'라든지 '굳이?'라고 말하지 않고 저의 자존감을 지켜 주신 모든 분께 감사합니다.

작가의 말을 쓰는 제 모습을 상상하며 지난한 시간을 버텼습니다. 또 다른 책의 작가의 말에서 독자분들과 다시 만날 수 있기를 고대합니다.

정서휘

독후활동지
(교사용, 학생용)

드림캐처

초판 1쇄 발행일 | 2024년 1월 31일
초판 2쇄 발행일 | 2024년 5월 10일

지은이 | 정서휘
펴낸이 | 정은영
편 집 | 전유진 최찬미 장혜리
디자인 | 서은영
마케팅 | 최금순 이언영 연병선 최문실 윤선애 이유빈
제 작 | 홍동근

펴낸곳 | (주)자음과모음
출판등록 | 2001년 11월 28일 제2001-000259호
주 소 | 10881 경기도 파주시 회동길 325-20
전 화 | 편집부 (02)324-2347, 경영지원부 (02)325-6047
팩 스 | 편집부 (02)324-2348, 경영지원부 (02)2648-1311
이메일 | jamoteen@jamobook.com

ISBN 978-89-544-5007-2 (43810)